KEY·可以文化

可以悦读·外国文学

养蜂人之死

EN BIODLARES DÖD
Lars Gustafsson

〔瑞典〕拉斯·古斯塔夫松···著

王晔···译

浙江文艺出版社
Zhejiang Literature & Art Publishing House

——野狗们！刽子手的仆从们！

一流的折磨大师们！

你们还不明白吗？

你们这些炭火上赤热的钳！

我其实是一头驴！

有着一头驴的心脏和一头驴的嘶喊！

我绝不放弃！

《温暖和寒冷的房间》①

---

① 《温暖和寒冷的房间》是作者于 1972 年出版的诗集。——本书注释如无特别说明，均为译者注

目　　录

序曲　一个早晨，叙述者于奇索斯山说再见　　001

原始资料概要　　005

Ⅰ. 那封信　　007

Ⅱ. 一场婚姻　　031

Ⅲ. 童年　　073

Ⅳ. 间奏曲　　113

Ⅴ. 当上帝苏醒　　137

Ⅵ. 来自天堂的记忆   149

Ⅶ. 破损的笔记本   161

附录   我们绝不放弃，我们重新开始   179

译后记   202

序　曲

一个早晨，叙述者于奇索斯山 * 说再见

太阳的光线还未抵达峡谷底端。一只仙人掌鷦鷯用它清澈透明的嗓音唤醒了我。空气有刺痛的冷。我爬出睡袋，在黑暗里摸索到我的鞋，于纠缠中往蚊帐外钻。

就在我出来的那一刻，那最初始的、锥子般锋利的阳光渗透到了东边山峰上。我往上朝着卡萨格兰德威武而沉重的轮廓撒了尿。

一路寻去，越过山峰的巨大光芒，找到了紧凑而巨大的悬崖路，那条路看来像一座阴郁城堡，比人类构筑的那一些尺寸更大，一处所有驻军都已放弃，给天使或邪灵的防御工事。

---

* 　奇索斯山，Chisos Mountain，在美国得克萨斯州大弯国家公园内。

这会儿,阳光已抵达更高的所在,可自由地对着反面弹奏,高原的西墙将那些孤立而垂直的砂岩柱变成一架管风琴,一架巴洛克管风琴正面,一架色彩风琴。一切都在悬崖的红色中弹奏。

仙人掌鹪鹩清脆的声音之外,在底下简陋的跑马小道边一丛粗糙的仙人掌那儿,此刻传出古怪的鸟声合唱。有旋木雀的声音,有印加鸽的,还有巨大的黑色乌鸦们嘲讽的号叫。然而,全然悄无声息地,两只红头美洲鹫浮现于峡谷上方。它们完全静止地在早晨的微风中,在我们头顶两百米处站立。

约翰·文斯托克,奥斯汀大学古冰岛语教授,投入的马拉松选手,穿着一条破烂短裤和一件网眼背心,已坐在酒精炉边。

他递给我一只铁杯,盛着黑色的苦咖啡。

真正的早晨已经结束。只需几个小时,我们将面临峡谷中三十乃至三十五度的燠热。通过山脉顶端唯一的开口处——那个能让我们看见的"窗户",墨西哥高原开始缓慢地将自己从烈日所致的闪烁热流中解放出来。

下方的墨西哥一侧一定已非常炎热了。平原在我们的数千米以下躺着。这是 1974 年 10 月的一个早晨。我喝着苦涩而滚烫的咖啡。像一条发着白光的银色细线,格兰德河透过蒸腾的闪烁热流,在下方朦胧闪现。

我想：

滑稽。我已不再觉得自己有什么特别多的灵魂生活了。我的内里，实在是清晰、平静而空洞。有的是鸟儿的嗓音，是迎着管风琴崖石弹奏的红色光线，是苦涩、强烈的无糖纯咖啡，却没有责备，没有记忆，没有担忧。我被挂在一架陀螺仪上。我空洞、纯粹而清晰。

也许我终究是做到了。也许我把它讲丢了。

——你再来点咖啡吗？

此刻已平静。风暴结束。风不再乱刮。或许是我学会和着风的速度转动自己了，所以才浑然不觉。

美好的读者，陌生的读者。我们重新开始。我们绝不放弃。我们开始叙述五个故事中的第五也是最后的那一个。仿佛西曼兰省驼鹿狩猎中老迈而狡猾的嗅觉猎犬——顺便说一句，西曼兰驼鹿狩猎季是十月份——我们捡起丢落的足迹，跟踪它，一直跟到那血腥的猎物。

我们重新开始。是 1975 年早春，故事恰好开始于融雪季节。舞台是西曼兰省的北部。

西沃拉的前小学教师名叫拉斯·莱纳特·维斯汀，不过，他通常被唤作维斯朗。位于西北面的恩诺拉、坐落于湖北岸的那所地方小学关停时，他便提前退休了。他各样都做那么一点，来养活自己，主要是销售养蜂得来的蜂蜜，养蜂这活儿有时真是强度不小。自从离了婚，他就住在耐塞特一间过去的佃农小屋里，那儿和维塔纳，和博达纳村处于同一纬度，不过，自然是在湖的东岸。他有一座小园子、一片土豆田、一条狗。有时，亲戚来串门。他有电话、电视及一份《西曼兰省报》。离婚后，他不曾有过什么值得一提的和女人的瓜葛。

维斯朗没那么老。他生于1936年5月17日。不过，他看起来明显比四十岁老多了，潦倒、头发稀薄、瘦削。他戴着那种有细细的金属架的眼镜，这更强化了瘦削的印象。他生活于极其朴素的经济关系之中，不过，这不是他的问题。

现在出现的问题是他遗留的笔记本。遗留的：1975年春，正值融雪之时，他意识到自己在秋天来临前就会离去。他患上了迟早要致命的癌症，实在太迟，已到脾脏，在周围组织中已有势头凶猛的转移。

从现在起，你们将听到的声音是他的，不是我的，因此，我在这儿和你们说再见。

原始资料概要

Ⅰ. 黄色笔记本

发现于水池上方架子上，未划线，16×6 厘米，共 80 张，已写满 76 张。封面为黄色，上有"瑞典养蜂人全国联合会"字样。

内含最私密和最不私密的笔记。后一类里有一连串每月家用开支记录，蜂箱的不同回报的备忘录和标记。当然，在本编辑版本里，这方面的内容只提取了少数代表性样本。

启用于 1970 年 2 月。

Ⅱ. 蓝色笔记本

发现于书架最顶层。A4 尺寸，有划线，蓝色封面上印有"韦斯特罗斯萧贝里书店"字样，含 112 张纸，97 张两面都已写满。

包含粘贴的各种剪报,也包含摘录——来自他的读物和他自己的故事。

启用时间不早于 1964 年夏。

Ⅲ. 破损的笔记本

所谓电话便笺。封页下半截给撕了。印有,**谁(打了电话?)**,是在厨房水池正对面操作台上的电话边发现的。

包含当地电话号码,少量外地电话号码,零星的有关病程的记录。

启用时间不早于 1970 年。

Ⅰ．那封信

……风起，是的，一股真正的暖风正吹。是去年的八月底，狗跑开了，它正跑开，我在晚上十一点光景出去找它。天空满布着云，那么暗，没法看见树冠了，不过听得见风如何在持续地走入树冠。始终如一，强健而奇特的暖风。我记得以前有过类似体验，可我记不起到底是何时了。

当我走下通往松德布拉德家的小路时——那当然是一条沿湖路——我闻到水的气息，听到波浪如何撞击，虽说在黑暗里看不见它们，我清楚地感觉到，一只挺小的青蛙如何跳过我的一只鞋。

我做了一件自五十年代以来其实不曾做过的事。我快速弯下腰去，将扣起的双手拢成杯形，摆在自己跟前潮湿的草上，就在青蛙想必会在的地方。

这个老把戏总是奏效。它直接跳到了我手上，我可以把它握在右手里，像关在一只笼子里——它是那么的小。

它麻痹了一般，在里头呆坐了一刻，我把两只手拢成大一点的笼子。

就这样,我站在那儿听风,有一只青蛙锁在我手里,仿佛锁在笼中;同样的温暖而固执的风依然一刻不停地穿过树木;还有来自湖岸森林里所有沼泽的酸味。我明显感到青蛙如何在我手里颤动。

接着,它突然撒了尿,直接撒在我手上。

我想,某种程度上,这是不会有多少人能有的经历。

青蛙的尿可是十足的冰凉。我太吃惊了,不由得张开手,让它跳了出去。然后,我站在那里,相当感动,风在我头顶上,走进树冠里,而我的手因为一只青蛙的尿冰凉。

我们重新开始,我们绝不放弃。

[黄色笔记本 I :1]

那条狗让我在松德布拉德家找到了。它在那儿逗留了一下午,给喂了煎饼、喂了水。真正丢人的是,我想拉它跟我走,它一点也不情愿。它抗拒,把爪子牢牢地抵在厨房地毯上。

这很没面子。他们自然能得到一个印象,我一定是对它太糟了,以至它都不敢跟我回家去。可这当然不是事实。

是另一回事,而我不明白到底是什么。看似以一种古怪方式,事实上,狗让什么给吓住了;不过几周以内,却已是第三次。我对待它和过去十一年自然没有两样。有时我会显得有点不容分说,但我绝不会让它害怕。这条狗对我里里外外都了解,它还是条小崽子时就已认识我了。

只有一条合理解释,狗开始苍老,衰老导致大脑中气味记忆的细微变化。因此,很简单,它认不出我了。

一方面,我估计它的视力已糟糕透顶,另一方面,视力对它来说并非特别重要。

六十年代早期的一个冬天,我在山坡滑雪道上,朝着魅尔湖挺进。那时我还是那所位于恩诺拉的小学里的教师,学校还没迁往法格什塔,而我只能在周六及周日滑雪。那是一个美丽的二月周日,滑雪道上的人可真不少。就在我爬上一道坡顶时,看见一个穿蓝色连帽防寒滑雪衣的男人,在距我不过三十米的前方。

狗儿一直在我前方几米外奔跑,它一定清楚地知道男人在那儿。早在几公里外,这男人已作为气味图像、作为一种气息,在狗的大脑的气味中心注册完毕。

这时,那个略微有些年纪的男人朝旁边移动,以便做些调整,也可能只是要让我通过,因为我已迫近。

该死!假如狗儿没有径直奔向他,他不至于差点跌坐在滑道上!

对狗儿来说,蓝衣男人并不存在,却存在一种它跟随着的有趣气味,气味越发浓厚,浓厚到它可以依赖这气味的程度,径直跑,根本不用抬头看,差点撞翻那个男人。

肯定和气味的感觉有关。而人对此无能为力。它一直是一只令人愉悦的狗。我希望它能坚持得更久。

我不明白究竟是什么攫住了它。看来确实是狗不再认得出我了。或更准确地说:它认得出我,只不过是在非常靠近,我能让它真正看见我和听见我,而不仅仅通过气味来辨别之时。

自然也有另一种解释,不过,那太荒唐了,我都不能相信。

就是说,完全在突然之间,我开始散发出根本不同的气息,以某种可恶的、只有那条狗才能知觉的轻微方式。

[黄色笔记本Ⅰ:2]

去年秋天,蜂箱有好多事得处理,有些得加新的木隔板、新的巢门档,巢框和绝缘材料也要修整,然而,出于某个无法理解的原因,我一直没动。我不大明白到底是为什么。一定是因为某个不清楚的理由,去年秋天,我才特别昏沉而被动。谢天谢地,现在看来,这是一月底破纪录的暖冬。一日复一日,天在下雨,而我一动不动地躺着,比我往常在冬天的幽暗中赖床的时间更长些,只为享受雨水打在屋顶的声响。

可要是雨水一直这么击打而二月里变冷呢?我他妈那时怎么办?蜂箱木盖已浸足了水,箱顶的焦油纸好几处都破了。很简单,它们会冻死。作为对我去年秋天的懒散的惩罚,我会失去三四个蜜蜂社群。

经济上不会有多大影响,因为我终于收到提高了的政府住宅辅助金,然而活着的生物死去,这总让我心痛。

上星期,我在电话里和拉姆奈斯的伊萨克松讨论了一件古怪事:

一个蜜蜂社群死去时,感觉差不多是一头动物死了。那是人会思念的有个性的存在,几乎像思念一只狗,或至少是一只猫。

人对一只死去的蜜蜂完全无动于衷,人不过将它扫开。

奇异的是,蜜蜂们完全采取同样的态度。像这样对他者的死亡完全缺乏兴趣的动物实不多见。假如我换巢框时过于粗心地压扁了几只蜜蜂,其他蜜蜂会将它们拖出去,和处理出故障的机器相仿。不过,假如碰巧有一些被压扁,它们总会首先取下花粉。

试想,它们也以同样方式体验这一切吗? 个性和智慧在分群里才存在。

有个性强大的社群。有懒惰和勤劳、攻击性和温和的蜜蜂社群。还有反复无常的和波希米亚的,天知道是否就有具备及缺乏幽默感的。

比如说,分群热! 那正如一个紧张、反复无常又急躁的人。一个差劲的情人,毫无耐心。

而那单独的一只蜜蜂如同发条上的一只螺母或螺丝一样没有个性。

[黄色笔记本 Ⅰ:3]

八月里孩子们在这儿时,他们想和我一起打羽毛球。作为离异家庭的孩子,我觉得他们至少是度过了一个不寻常的愉快暑假。他们可是到这里来了好几次。六月和八月。

不管怎么说,在那个时刻,在我们打羽毛球时,感觉确实是一样。

不过,那时我很肯定是有腰痛,而我忘了这一切。我自然以为是拉伤了背部肌肉。我不得不立刻停止打球。

然而,有这种疼得要死,嘴里疼出血腥味的腰痛吗?

[黄色笔记本 I :4]

瑞典人比其他国家的人更能忍耐吗？我对此知之甚少。我这一辈子没怎么旅行。五十年代初两次自行车远足到丹麦，一次乒乓球联赛到西德的基尔，以及好多次穿过奥尔萨和伊德勒，往北直抵费门湖边，越过边境，进入挪威，可真说不上多。我有个倾向，将瑞典之外的世界看作某个文学的，存在于书籍和杂志的东西。

非常大的距离让我害怕。巴黎是活在龚古尔兄弟日记里的某个东西，最现代的伦敦在阿道司·赫胥黎的早期小说里。

假如我果真跑到那些地方，我可能会迷失得都认不出我自己。我会觉得它们跟我没关系。我刚在省报上读到，巴黎如今有摩天大楼了。

在我的系统里，不同时代主导不同的地方。比如在巴黎，公社的砂浆尘埃还未落定。这里的时间是什么？现在。

那么，瑞典人比其他国家的民众更能忍耐吗？前天的韦斯特罗斯地区医院 X 光射线候诊室。奇异的羊毛味，潮湿的羊毛。满满的都是人,椅子上,长凳上,到处都是。一个整片右脸有着怪诞瘀伤的男孩,前一晚出了电动车事故,痛着。一个来自煤溪的老头,是搭早晨的公交车来的。他满心期望能赶上最后一班汽车回家。"这里很慢。"这一周里,他之前来过一次。所有的人手里都捏着排号票。优先顺序的神秘:有时护士一次叫进两三个;有时只叫进一个;有时,持续一小时,一切交通停止。以及每一次护士出现,所有的人如何抬起头来。

就像一台机械钟琴,人形一小时动一次;一扇门开了,有人走出,有些走入。一个十足的醉汉,额头、眼下、颊上都是绷带,被两个警察带入。他得了优先。

房间里的六七十人,多数一定都有稍强或稍弱的剧痛。有些人,你从他们的坐姿,从他们站起身、在屋里焦虑地来回走动的样子就能看出。

不过几乎没人谈论这个,他们甚至不说自己感觉疼痛(这个"感觉疼痛"可意味着整个范围内的任何一种,从轻微的不适到燃烧的灼痛)。取而代之,他们谈糟糕的公共汽车、有轨电车,谈就医及复诊。似乎他们中的一些人活着只为了时不时地上医院。他们并不讨厌那地方。他们的疾病给了他们一个身份。这一点适用于那些最年迈和最谦卑的人。

他们的疾病激发出健康时没人曾奉献给他们的一份兴趣。

他们的耐心里有某种东西让我非常恼怒,让我好斗。他们不该忍受……什么?忍受必须坐等 X 光检查这么久,忍受这奇怪而非个人的、几近工业化的对待。这里,没人在意他们大清早等在冬日的巴士站,又在医院坐了一整天,坐等轮到自己——不能吃上一口,因为担心丢掉等候名单上自己的位置?

不管怎么说,始终有一种朋友间的团结,始终有人保证,假如护士叫你的名字,而你刚好去厕所吸烟,一定会喊你。或者,我是说疼痛自身要反抗,是它们不愿忍受? 疼痛的无产者,联合起来!

[黄色笔记本 Ⅰ :5]

那些没能杀死我的，使我更强大。（弗里德里希·尼采，德国哲学家，1844—1900）

[黄色笔记本 I :6]

1975 年 2 月

杂货店	−375.40
糖	−42.90
烟	−32.50
钉子等五金配件	−16.00
看医生	−7.00
油和汽油	−75.00(约)
总支出	−548.80

养蜂人全国联合会,奖金	+16.−
杂货店,蜂蜜	+255.−
健康保险	+304.−
给松德布拉德修泵电动机	+50.−

二月的总收入   +625. –

纯收入   76. –①

[黄色笔记本 I :7]

---

① 原文如此，但更精确的数字应该是 76. 20。

韦斯特罗斯地区医院的信终于到达时，我不想打开，而将它丢在一边，翻了翻报纸和杂志，看了几份账单，注意到反正下个月之前没钱支付，我终于带上狗，来一段长长的、实实在在的散步。

是灰色而怡人的二月天，有点冷，所以不太潮，整个景色看起来像铅笔素描。我其实不明白为何自己这么喜欢它，因为它相当贫瘠，可我从不厌倦、总被感动。我于这里安家的时间，在我生命中已不是一小部分了。

我一结婚，就住到特鲁美斯贝里去了，开车去学校，随着岁月流逝，自然是些不同的小小学校。因为我兼备小学教师及手工教师的教育背景，最后几年，当一所学校和另一所合并时，我可以比较自由地挑选工作。我越发变成了一名手工老师。我认为班级变得有些太大了，做手工老师可以让我得到更好的时间。

其后，我离了婚，就移居到这里，可以说是移居到了大自然的更深处，同时放弃了教职。交掉抚养费之后反正没剩下什么钱，我干脆放弃挣钱，转而养了三十个蜜蜂社群。

令我吃惊的是，如此也运转得一样好。唯一的风险会出现的时候是我要外出到哪里，比如眼下到医院时。

当地区医院的信终于寄到，我干脆将它丢到一边，散步去了。我感觉自己非常平静，非常仔细地察看了路边所有的光秃秃的阔叶树。我非常喜爱这些对着铅色天空裸露的枝干。它们像一种陌生语言的字母，试图诉说着什么。

整个地区，有着重新深锁的夏屋、白雪覆盖的花园、抬离水面的船只，其实现在比夏天更美。夏天时，这里会有好多人蜂拥而至。这些年来，我也结识了其中不少人，有些甚至邀我打牌，或在门廊上喝点什么，感觉愉悦。我根本不是什么孤僻之人。然而这里的，它是真正的生活。好或坏、孤独的或美好的，它是我真正的生活。而如今，某个比我更强大，比法院、政府、机关都更强大的，要把它从我这儿夺走。

公平可谈不上。

我在整个岬角走了一圈之后——顺便说一句，我惊扰了一个驼鹿家族，它们正在布鲁斯林家野草地边缘的仓房后嗅着——我得出以下结论：

信上要么写着没什么危险的，要么写着我有癌症、会死。自然，可能写着我有。

我能做的最聪明的事就是别打开它，如果我不打开，就还有某种希望。

这希望能给我一点余地。很小，没错，因为并不会因此终结疼痛，然而那会成为一种广义的疼痛，不会提醒我什么特别的，我将能够把它融入我的生活，为何我就不能做到呢？对于许多其他的问题，我毕竟成功找到了出路。

信终于到达时，我牵上狗出去散步，走过整个岬角，而当我回到家时，我做出了一个决定：我将永远不会打开它。

信就在厨房里，在铺着的花桌布上，在午餐边，鸟儿在外头的鸟桌上啄食，完全和往常一样。在此期间，冰雪消融得更多了，于是屋脊水槽其实已开始滴水。

一只带窗口的咖啡色信封，左上角写着：韦斯特罗斯地区医院，中央实验室。我摸了摸。里头仅一页纸，显然相当小，从中间折叠。我对着窗口将它举起。不过没法透过信封看到点什么。

假如我打开它，我想，它将如何改变我呢？假如信上写着，我只有几个月好活，那我会不会麻痹得不行？瘫倒？我将不得不躺在某家医院里吗？可能的，且会在一张床上度过最后那几个月，有越来越强的疼痛，越来越消瘦而无力，再不能掌握自己的状况。

可是，试想我打开了它，假如上面写着，实验室研究显示，得到的样本来自良性肿瘤呢？是胃溃疡，是胆结石，得做手术,外加适当节食,没有医生的处置,带着胆结石自个儿到处乱转实在会有致命危险?

要是我不打开这封信,而情况反而越来越糟呢? 我没有电话,假如我不做反应,他们也找不到我,也许慢慢地会来一封新的信,不过那时很可能就太迟了。

信来时,我没打开它,而是先和狗儿来了一段长长的散步。

我回来时,开始把玩这一想法:我根本不会打开它。

某种程度上,我把玩这个想法的时间有些过长,只有十分之一秒,但也够了。

假如这封信包含我的死亡,那么我拒绝它。

人不可将自己卷进死亡。我有幸很早就认识到这一点,这是一个我在整个一生中获益良多的诀窍。

根据威廉·冯特——假如我对北欧家庭百科全书理解正确,作为心理医生,他在他那个时代博得过相当大的名声——的观点,有三种病痛感。钝痛、刺痛和灼痛。

和色感类名词不同,语言还没发展到用特别的字眼来区分这些不同的感知。它们没自己的名字。

也许是因为,两个人能看见同一种颜色,却没法感觉同一种疼痛？

我的是钝痛。不只是钝痛。有些日子也有烧灼感，但大部分是这种钝痛。

我猜它确实是从狗儿跑出去的那个夜晚开始的，因为在我深深的沉睡中，我第一次感到这古怪、钝痛，对着后头肾脏的张力，差不多像有人试图颠起一只足球，一只他偷偷带到那儿的球，搏动、缓慢，似乎丝毫不在乎我是动还是不动。

总之，是在狗儿跑出去的那个夜晚，我第一次注意到它。

多数时候，它在夜里发作。在它惊醒我之前，我长时间梦见它，它作为某种惊吓我的东西出现在我梦里，我一直试图从它那儿走开，不去看，在梦里，我从它那儿确确实实地转开脸去，它还是越来越近，强迫我看它，然后惊醒我。

一直到圣诞，药丸都帮了我相当大的忙——我先是在法格什塔得到的，当时他们以为是肾结石。（顺便说一句，最初我以为是腰痛，接着怀疑到前列腺，然而，事实显示，我其实一点都不知道前列腺炎是哪里疼。）

如今，圣诞过后不久，很显然，那个对付胆结石的挺强的药丸——感谢上帝，我一直得到更新的处方——不再减轻我的疼痛了。不是因为疼痛更强，是这些药丸，就是说我的神经系统，不知怎的失灵了。

它重新给我一副躯体;青春期后,我不曾怀抱拥有一副躯体的强烈意识,我密集地存在于其中。

只是这副躯体是错误的躯体。是内里燃烧着的躯体。

其后,自然是希望。上一周有那么三天,我其实十分确定,疼痛真是在慢慢消失,一切又正常了,我几乎忘了脊背疼得厉害起来之前,自己正常的躯体是怎样的。我自然不敢真的奢望,可还是憧憬了。

我会走来走去、短短地散步,发现在过去几个月里,疼痛其实以一种奇怪的方式点染了风景。这里那里有那么一棵树,当时在那儿,真的很疼,这里那里有一段围栏,我散步路过时,会用手击打其中的木桩。当我回到无痛的日子里,疼痛,这么说吧,挂在了围栏上。

疼痛是一片风景。

然后,它又回来了,自然,在周日晚上,不是一下子涌来,而是缓慢地,以小小的跃进,差不多是一只狗嗅着追着足迹向前的样子。

看了好多次医生之后,他们这才开始怀疑癌症的可能性。此后是多次追加访问,以及很多天与疼痛的普罗一起在候诊室的等待,直到医生想取出各种组织样本和血样,并进行对比研究。取出所有样本着实用了好长时间。十一月不够，还用了十二月。

　　然后我没从他们那里听到任何消息，直至前天，也就是二月最后一天。

*

　　信件终于到来时，我没立刻打开它，而是和狗长长地散步，并思忖这情形。风景还是相似，很灰，裸露的树木有崇高而哀婉的铅色枝干。湖上，厚厚的冰带着潮湿的雪，现在终于是在二月了。

　　我坐了好一会，盯着那封信，感觉它有多厚多重，直到厨房开始变得实在太冷，因为厨房的壁炉断了木柴而熄了火。我终于抬起头时，外头已开始变黑。早已是午后，一个典型的二月午后，最初的暮色四点时分就会来临。

　　终于，我还是出去搬来木柴，重新点亮炉火。

　　我是用那封信引了火。

[黄色笔记本Ⅰ:8]

Ⅱ. 一场婚姻

　　……说到这个话题，我可以顺便讲一个相当奇妙的关于相遇的故事。这一地区有一位年轻女士或者说姑娘，看起来相当漂亮，身材也好。我从未在五十米以内的近距离里看她，一直以为她挺美。她有引人注目的健康脸色，她的大眼睛很黑，她有长长的白脖颈。

　　我始终有个相当温柔、相当诱人的关于坠入情网的想法，不过我除了在西沃拉教堂的管风琴音乐会上，就根本见不着她。离婚后的那几年，除了工作，我见不到多少人。

　　最终，我就想看看它到底对不对——那个我对她的想象，而我找到一个不错的机会。雪平四重奏音乐会上，中场休息时，我走上前去与站在教堂门廊那儿的她打招呼。

　　我没有别的计划或想法，只想听听她会说些什么。所以我用一种中性而客气的方式打了招呼，就在我要开口自我介绍，并且真正看见她的瞬间，我决定保持沉默。

　　我看见她脸上有一些难看的小粉刺或疙瘩，似乎她得过某种奇怪的皮肤病,这让我立刻改变了想法。不过,我继续说话,她回答了,闲聊了,以一种挺舒服和礼貌的方式。老实说:在那些有压力、不舒服,性被禁止的日子里,我碰巧要结识她,这不算荒谬;在这一地区,她其实挺美。

不管怎么说,这次会面还是让我松了一口气。它将我从一个并不愉快的会成为一份担忧的开头那儿解放。一个将我与所有可能的、吸引担忧关注的东西连接的坏习惯。

......

然而,人必须问自己的自然是:当我们爱某个人,或更准确地说,对某人产生迷恋时,我们迷恋的到底是什么?

我们是爱着关于某人的想法,还是爱着这个人本身?

也许我们只能和我们自己的想法相处? 也许我们一直爱着的只是我们的想法?

......

爱与地理距离。当一个你所爱的人乘火车离开,有时,也许你很显然地感到一种解脱。你逃离现实,你又能平静地走回和一份想法的厮磨了。

人可以爱某个人的最远距离是多少？学生时代我热恋的一个女孩,她叫莫妮卡,移民去了加利福尼亚。我们交换信件多年,然而,其后,一切自然只是凋零。

她那时(对我来说)存在吗？或者,此前很久,就不过是一份想法和我消磨了时光？

人可以爱某个人的最远距离是多少？一千公里？二十五公里？我有个夙愿,有一个在斯库尔蒂纳的情人。这是多么美妙的距离,开车正好半小时。夏天兴许还要快些,要是路面打滑,则要慢一点。

人可以爱某个人的最远距离是多少？

答案: 短于一毫米。并且无名。

……

终于决定离婚,而玛格瑞特已考虑在韦斯特罗斯市内获得一间公寓时,发生了一些古怪事。我们在公寓里走来转去,翻看各种各样的东西,哪本书原是她的,哪本原是我的,她是在哪里买了这个,她是否该拿走那只旧的百叶窗式柜子。

我俩都有绝妙好心情,几乎振奋。我们以一种两年来不曾有过的方式彼此取笑、交谈,我俩都感到一种宽慰,并且吃惊地发现,我们在对方面前显得多么真实。

我们再也不需要通过想法来相处了。

［蓝色笔记本 I :1］

　　……1968 抑或 1969 年 2 月，我被选为——我始终没明白
为什么——瑞典野外生物学家协会①副主席。我们在南斯德
哥尔摩的公民馆开了年会。当我走出去、走进二月的夜晚，应
该是在六点，天已完全暗了。我下榻在街对面的马尔曼宾馆，
因为没别的事可做，我决定散步，虽说气温低于零下十度。

　　我走下福尔孔路，虽是周日夜晚，外头几乎没有人，新月
悬挂，一层薄雪甚至盖住了车道。

　　我走下港口，继而走上斯第格贝里街，走向"最后一枚硬币的
台阶"②，仿佛被遗忘的街区，自斯特林堡的年代以来就没怎么改
变，一个古怪而寒冷的城市，在斯堪的纳维亚的北端，山坡上的红
木房、木台阶、散发着焦油味的房子，让人想起波罗的海，想起爱沙
尼亚和芬兰的名字，一座城中城，看起来简直就像我家乡的乡村，

---

① 瑞典的面向青年的自然和环境保护协会。成立于 1947 年。
② "最后一枚硬币"是一家酒馆名，从前有一段木台阶在它旁边。文中提及的台阶
　　是在 1967 年借用了过去的已不复存在的台阶名。

一样地被抛弃，这城里，一切都是从上头而来，规则、税收、征兵，以至在斯拉夫沼泽冻死，甚至布尔乔亚革命也是。

在公民馆通风不畅、充满烟味的房间内坐了一整天后，我有些疲惫，关于野外生物学家预算的辩论挺棘手，此外，我还一直为其他事绞尽脑汁，一些我不想在这儿谈论的事。

我走出去时，脑子里除了要走下福尔孔路就没别的想法。我机械地走着，我的羊皮帽深深地耷拉下来盖住了耳朵。一街区又一街区，脑子里其实什么也没想。

走到城市码头时，我忽然意识到，我还是想到了什么的：我在斯德哥尔摩的童年。

那是冬天，约在十九世纪八十年代，很冷的天，很多的雪。我们住在卡尔贝里运河边低矮的木房里，运河已完全冻住，下午放学后，我们这些孩子就在冰冻的运河上滑冰，穿着那种有壁炉钩状、往上弯曲的尖头的老式冰鞋。一切都特别清晰。我妹妹难以将冰鞋固定在她粗重的带扣皮靴上，我帮她系好鞋带。我们在介于下午和晚上之间的低矮而倾斜的光线下滑着。几艘有焦油味的大型驳船在冰里动弹不得。我们爬上甲板去看——虽说那是被禁止的。我们看到几只运货人遗留在甲板上的比尔森啤酒瓶，是那种真正老式、有长脖子的深绿色瓶子。

一天下午，在紧靠着运河边的灌木丛里，我发现了一具冻住的女尸,只有一只手臂钻出冰面,一个年轻女子在秋天某个时候淹死于运河,如今尸体冻在冰里。这可一点儿不吓人,一个年轻女人会冻在冰里——这几乎完全自然,只不过非常悲哀,我为她感到万分遗憾。

然而当我回到家讲述了我的发现,便掀起一阵喧嚣,人们跑了出去,城里的锯冰人来了,带着长长的锯子,我们孩子不让跟着,不让看……

想了这么久之后,我抬起头,一个想法击中了我:**可是,我的上帝啊,我从未在斯德哥尔摩有过童年。**并且,至少不是在十九世纪八十年代。

一个容易被影响的人,此时会讨论起灵魂的轮回及另一个存在的记忆。不过,这么奇怪的解释自然完全没有必要。

当潜意识被自己扔在那里片刻,很简单,它便编织开了。它给自己编出一个身份,让自己适应周围环境,自愿制造新形式来填充一个突现的、在我们忘记日常时形成的空洞。

潜意识不认为根本谁也不是的感觉有什么可恐怖的。

乐于尽职的狗儿在忙我的传记。

[蓝色笔记本 Ⅱ :4]

那些对我们来说会意味着什么的人,我们有机会遇到。不止一次,而是至少二十次,直到我们开始认真对待提示。

总之,对我来说,一直是如此。

并且,我们反弹开,能多久就多久。

玛格瑞特和我的第一次见面一定是在韦斯特罗斯的初中。我进的是五年初级中学,她进的是四年的。四年课程的多数学生来自乡下,对他们来说,整个学年靠公交车和火车进进出出实在太辛苦,他们的父母自然试图将他们的在校时间尽可能地缩短。

因此,那些从叙拉哈马尔、哈尔斯塔哈玛、煤溪、瑞特纳、斯特姆霍姆来到韦斯特罗斯的学校的,也许比我们来自城市的孩子更成熟和独立些,就这样,他们自成一体,形成了自己的圈子。

我记得那时的她瘦削、相当沉默,一个小小的金发女孩,一定始终都在受冻,因为整个冬天,她都戴着一顶款式相当可笑的针织帽,帽子一直拖到耳朵底下。完全入春前,你没法看见她的金发。

她显得挺羞涩。

那时我完全对她同班的另一个女孩感兴趣,一个打网球,有着长长的黑发、大眼睛、早熟的胸脯、略高的颧骨的女孩——古怪的是,一部分西曼兰女孩就是这模样。她叫什么,拼上老命,我也想不起来。这两个女孩,玛格瑞特和她是朋友,或者说,至少看见她俩常在一起,是有些不般配的一对,这样的友谊也很常见,一个让人兴奋,另一个却一点也不。

我想她有时试着和我说了些话,至少,在我和她结婚的那十年里,她这么表示,但她声称我对待她如同空气。

当我回首往事,有一种可怕的感觉,很简单,我那时觉得她是个小小的,小小的小恶心。有一种微弱的不愉快的什么从她那里发出来,或者说,每当我看见她,会有这种感觉。

这种不愉快从根底上说是吸引力吗? 或者它会是一个预感吗:有一天她对我而言和那时比会显得极其重要?

关于那段时期,唯一我确切记得的是,对于几乎全部的外部世界的被压抑的仇恨:对老师、学校,甚至伙伴,没错,对整个外部世界。因为它似乎对我带着绝对的敌意,要让我跪下,给我规矩,始终带着强者的权利。

而这小小的、有些金发,某种程度上挺无助的姑娘似乎和我一样是被压制的,可能和我一样苦涩。谢天谢地,我没觉得她特别有趣! 我需要的是放松的人。

我到乌普萨拉并登记进入师范课程时,我的很多伙伴在那儿已有一阵子了。我入伍了相当长一段时间,受过海军士官训练。当我参加师范课程时,我认识的来自韦斯特罗斯的人都在这所大学里。

玛格瑞特进入这个课程是在第二年。

我是在一场舞会上再次看见她的。我不认为自己想过要邀请她,可出于某种原因,我还是这么做了。

是这一次,我发觉她散发着多么古怪的性感的温热。我跳得离她很近。

但只有一次。

然后我跟着另一个姑娘回家了,顺便说一句,我只记得她比我高出很多,我甚至相信,我和她睡了。

和玛格瑞特睡,不知怎的,总觉得平凡琐屑。

在乌普萨拉期间,我游手好闲了一阵。师范课程算得上简单,我唯一真正的难题是弹管风琴,那些讨厌的踏板永远也不想听我使唤,十年后我学习开车,驾车教练抱怨说,我对待汽车踏板如管风琴踏板。除了踏板,乌普萨拉的师范课程纯属游戏、儿戏,或者该用什么词来形容呢。而我把所有时间几乎都用于追逐姑娘。

我不明白是为了什么,估计是因为某种焦躁,不过,让我感兴趣的是引诱。

有些过于隆重的字眼,没错……可引诱确实正是问题所在。

我想证明我是真实的。而一个人只有通过一种方式证明这一点:通过对另一个人施加影响。

影响越强大,越能感到自己的真实存在得以证明。

那些年,我特别具有被看见的需要。做到了诱惑某个人,也就做到了被看见。

那时,乌普萨拉有很美好的学生会舞会,特别是周三,西曼兰达拉纳学生会的那些堪称绝妙。奇妙的拥挤,廉价香水的味道。姑娘在舞厅这一边,小伙在另一边。那么热,这真是个奇迹,热度没将那些悬挂着的、戴徽章的前督察肖像的油漆化开来。

其实只要自助就行。以一种古怪的非个人的方式。

不过,我最感兴趣的是那些有点害羞、有点保守的姑娘;她们多少能被改变。

跟她们跳舞时,有些颤抖的她们。某种程度上身体有些紧张的她们。

我相信,我以十分机械的方式理解了这一切:我是说,我在动作中设定一系列的过程,过程的整个任务是要证明我自己。

(自己——我自己:如今我觉得这语词有些愚蠢。它根本没有内涵。不过,我没法准确解释,我到底想说什么。)

那时我特别缺钱,钱自然也比如今的值钱。不过,所获的学生贷款也要算上很长时间,若不能如期归还,可就真的糟了。

起初我们是三个,贝替尔、莱纳特和我,我们一起在斯瓦特贝肯租了两个大房间。然而,没过一学期,贝替尔和莱纳特就退出了。

他俩在大学读书,逐渐有了自己的圈子。不过我想,那不是唯一的原因。这两个人都很勤奋——贝替尔几年后去世,可那是另一则故事了——勤奋且雄心勃勃,他们觉得我过于经常地引诱他们到酒馆去,而其实我们当中没人消费得起。

我记得,到了十一月后期,我们没穿外套就去酒馆,为了省掉给衣帽室服务员的那几枚克朗。

那时遇到过我的人十五年后再次看见我,往往谈起我改变了很多,说我真是平和太多了。

我从未真正理解他们在说什么。我自己从未感到什么变化。

不过,当然,我清楚地明白,那时的我相当无序,有点放浪不羁。我甚至认为有那么些人杜撰了我的滑稽故事。

我最记得的是钱这个永恒问题,还有整个的这里那里临时借钱的事,必须归还的,可以不管不顾的,以及一个人因为太多次的借钱却还不上而遭受的不快的躲避。

最终,最后一年是最糟的。那是混乱的一年。至今我都不明白,我是怎么把毕业考试完成得如我做到的那么好的。

那时,我和一个叫夏斯汀的女孩在一起有一阵子了。应该是 1958 年春。

直到今日,我还是认为其实她很喜欢我,几乎爱我,或者说,至少我有些什么一定让她着了迷。不过同时,我不认为自己还认识别的什么人会那么明显地怕我。

怕什么呢? 上帝知道!

很久之后,我考虑过这事,我把所有可能的微小解释拼凑起来,我阅读了她的信,看见她女孩子气的、对我灵魂生活的精细分析(自私、自我中心、无法和他人保持联系等等)。不过,最后我得出完全不同的结论,原因一定是社会的。

她来自利丁厄一个相当体面的医生家庭,不算特别成功,但不管怎么说,是打理得相当"妥帖"的家庭,她当时在读语言史和北欧语言的哲学硕士学位。

再明显不过,我不是个给她未来的人。

她觉得我有吸引力,但从社会角度来看,我是相当可疑的人物。

我相信其他人比我更认为我在堕落。

一个周日早晨,当我在她的住处醒来,我们为了某些事陷入了一场争执,我不记得为了什么,那是个特别明媚的周日早晨。那间公寓在东川街, 城堡正对面,而那座城堡在早晨的霞光中总有一种奇特的美。我走到门口取《每日新闻》报,周日早晨,报纸通常是在那个时段从门上的邮件槽里塞进来;顺便说一句,正好是春天,报上开始登泳衣广告,我记得这个,因为往回走时,我注意到报上充斥着泳衣广告,然后,我们继续争论,她说了什么,我怎么也不记得了,但这个争吵促使我干脆起身离开了。

是个可怕的故事。我想,我生命的一部分也结束在了那里。

（余下的部分正在这个冬天走近尾声。）

我非常绝望。

三星期后，没几日就是四月的最后一天，我遇见玛格瑞特。那时，我已好久没见到她了……

［黄色笔记本Ⅱ:1］

突然的解冻气候,和狗儿的长时间散步,最近几天,疼痛在相当和缓的可控范围内,主要是早晨的四五点钟,不过没什么大碍,可以再次入睡。

我一定是稍许分神了几日,因为在此期间,整个风景有时间做了改变。潮湿的雾,小径上是强烈的泥土味以及腐烂的白桦枝的味道,而以某种无法理解的方式,通常待在铁路高架桥边251国道那儿的巨大乌鸦群落,飞到了这里,这森林的边缘。它们落在围栏边的树上,我听它们嘶哑的声音整整一个早上。眼下,天色也亮得早一些了。我好奇今年的夏天会是什么样?潮湿又清凉,如同去年,还是像那些真正炎热的夏天中的一个?

我也十分疑惑,我是否还会在场。不管怎么说,船必须仔细补漏。秋天时,船尾漏得就像筛子。它躺在那里击打着码头,实在太久,直到秋天的风暴来临。那时我还觉得身体挺不错,但很显然,上一个秋天我其实没什么真正的事业心。

……我又想了想玛格瑞特。在这场雾气或春天的烟霞里,你也许可以说我又有点想她了。清晨,她的地毯上小心的脚步——她总是第一个起床,去煮咖啡——她习惯于一丝不苟,在我有机会阅读之前,便将报纸整齐地放在洗碗池下方橱柜的报纸堆上。她几乎让人难以忍受的、在夜晚十点或十点半开始工作的习惯。是这些事,人记得。

而今,特别是当疼痛开始时,我非常想她。

与此同时,非常清楚,那完全是不可能的了。它持续了那么久已完全是个奇迹。

所有的一切,全部的共同生活,建筑于一个唯一而特别简单的原则,一个协议:

禁止看见彼此。我是说,真正地看见彼此。

在整个十二三年里维持这么个协议,甚至在愤怒或非常不幸时都不让面具掉落,是相当复杂的表演。就像在很长时间里,把自己和另一个人锁于一间十分狭小的房间内,而前提是,他俩必须始终背对背。

自然,你会问,这样一份协议的背后是什么?

我以为那是疼痛。一种原生的疼痛,自童年就背负着,无论任何代价都不可以被看见。比疼痛存在于那里更为重要的是把它隐藏。

然而,为何隐藏它是如此重要?

有时,我们在同一所学校工作,有时在不同学校。整个白天都能看见彼此,那是最好的。如果有一个人一整天都不在,我们到晚上才第一次碰面,就总有那么一个关键瞬间。总是发生在晚饭后,一人讲完白天的活动,紧接在咖啡时间后,电视新闻前,仿佛落潮,水退了,石头显露出来。

[蓝色笔记本 Ⅱ :2]

她挺小巧,总是轻盈移动,几乎是舞蹈着,并且用一种愉悦而低低的嗓音说话。她对人、对世界有一种美好而十分有激励作用的好奇,她读过很多书,跟她交谈很有趣。她严肃地对路过自己道路的几乎所有事物感兴趣,或许除了对我。

乌普萨拉最后的春天已成初夏。城里没剩下多少人了,我还留在那里,是因为我找到一份给外国学生教瑞典语的工作,暂时搬到市中心海狸巷的一个房间里,一位夏天出去旅行的朋友把房间借给了我。

她和某个女性朋友走进来,坐在那家小咖啡店的门廊里,就是通常在室外摆出桌子,紧挨着大教堂的那家,叫什么来着,我想是"大教堂地窖"。我还记得对面那家路边小香烟店报纸海报上的标题,是关于一个新的、难懂的词组,出自当时的五十年代末的一场激奋而最为猛烈的养老金论争。我这么清楚地记得这个,是因为在我们彼此说话时,我坐在那里,一直在看标题。

那位女性朋友是个有些单薄而憔悴的小姑娘,特别窄的面孔,戴眼镜。

一个玛格瑞特的翻版,可以这么说。她没说多少,不过我记得我坐在那里,一直为自己比较着她们两个,似乎这比较在某种意义上很重要。而我并不真的明白,这么比较究竟要达成什么。

一切在事先便感觉清晰,好像很多年前已安排好。我们坐在那儿,并且说话,只不过顺口谈论那些地方,坐着、在彼此身上认出彼此。这一区域,没有一个地方、一片湖泊、一处冶炼炉遗址、一段废弃的旧铁路线是她不知道的。自从她还是个小女孩时,她就开始在西曼兰省北部消磨她的暑假了。

我在夏夜的光线下坐在那里,通过她认出了风景。

我想就是这么开始的。

她一直是人们所谓的一位相当漂亮的姑娘,她的外表没什么瑕疵。(随着年月推移,她的眼睛变得越发有趣。)

因此我永远无法理解,为何同她一起走在街头并遇到某

个熟人时,我始终觉得有些尴尬和不知所措。是因为泄露了
我俩在一起的事实而让我觉得尴尬的吗?

[黄色笔记本Ⅱ:2]

这是相当宁静的生活。有好些年,实在是平静,不多不少,十分田园牧歌式。我们迁居在西曼兰的这里那里,于不同的学校做教师,从内部装饰教工宿舍,好让它们变得确实让人愉悦——有玛格瑞特手工编织的地毯,有我的柜子及各种玩意儿,大多是我在各种手工教室亲手做的。

这里那里,兴许我们迁居得有些过于频繁,而且我们总住在乡下——这是一种生活风格;我们自然都在某种程度上(相当模糊的)对抗着围绕我们的社会。种植蔬菜式对抗,可以这么说,对抗工业社会,对抗……

我再也记不清了。这挺古怪,可如今,每一天都同整个那一时期增加着距离:完全是不同的东西进入前景,我刚醒来,就有窗外乌鸫的嗓音;稍远处,冠小嘴乌鸦栖在树上;融雪天里,一根树枝上正午的水滴。如今,所有这一切在另一种光线里到来,而那所有我身后的,我都觉得无足轻重。

她一直织布,我们迁居时,最麻烦的始终是拆散织布机再重新组装。在我们住过的最后那间公寓里，织布机离天花板太近，几乎就要碰到。她制作自己的纺织品颜料，是旧式的植物颜料。

在乌普萨拉，我自然是过了一种相当凌乱的生活，有姑娘、酒吧和短期债务。在乡间的这种新有机生活风格，是与过去的方式的一种真正决裂。

肯定的，这里头也有一笔浪漫的、也或许无政府主义的特征。我们都讨厌机构，讨厌这国家的中央集权，讨厌大量人口从自然环境迁到非个人、兵营式的大城市郊区。我们讨厌教育机构甚至都不能用好既有经费，好让校园更怡人、更欢愉，反而把很多钱花费在那些浮夸的市政雕塑上。我们用抱怨消磨整个早餐时间，抱怨地方政府合并、居民稀疏区学校的关闭和皆伐，皆伐清楚不过地显示，整个地区被当作原料仓库对待，像一间食物储藏室——除了取出就没别的。

我是说：这是现实，是在最实际和明确的层面上对我们确实意味着什么的事，或许里头也有那么点势利，一种优越感，觉得自己对发生的一切的实际含义知道得更多。

但还有些别的：是我们之间的某种内在团结。比别人懂得更多是保持连接的一种好方法。

而我们连在一起：以一种不感伤、相当精神的，却舒服而良好的方式。我们感受自己像两个找到了彼此的行为古怪的家伙，通过怪人联盟本身，为彼此找到了某个共同的东西，并且也就不再是怪人了，因为我们有了彼此。

玛格瑞特和我连在一起，是表达的一种方式：

我们重新开始。我们绝不放弃。

她是法伦一个特别专制的主任医生家庭里最小的女儿，兄弟们都是后备军官、军队五项运动的瑞典能手、商务律师，天知道还有些别的什么。我碰见他们也没多少次，但有一个印象，他们以一种公开的鄙视看待我。他们中的一个有一次甚至问我，是否真能靠着做国民小学老师谋生——那时还在用"国民小学老师"这一称呼。我们彼此完全是一样地无法理解。

那位父亲——顺便说一句，我相信他还活着——是个可怕的禽兽，为家人、护士、助理医生和助手们所惧怕，因为他在医学问题上的言论而全国闻名，最主要的观点有：女孩在冬天必须穿羊毛袜；流产减弱了国家军队战斗力；而国家在沉溺，因为性病及年轻人酒精中毒问题。

最小的女儿在某种程度上冲出了家庭的掌控。我的印象是,她青春期的大部都消磨于厨房帮忙上了。对父亲怕得要死,被兄长压得噤声,苍白、瘦削、一脸雀斑,她找到了通向书籍的路,通向法伦北部带十二个房间的那座楼之外的、世界的路。我相信,这主要是借助她开始好奇地阅读的现代诗歌,因为有一次在晚餐桌边她被取笑,通过他们嘲讽地读出的埃凯洛夫和林德格伦的句子,她直接发现那句话在某种程度是关于她的:

"我找寻一块让所有的金子无价值的金子。"

我相信,她很晚才变成女人。就要被送往一个家政教程时,平生第一次,她勃然大怒,咬牙切齿,在乌普萨拉给自己安排了一个房间,报名进入大学。

是这种无可名状的瑞典的上流家庭。甚至在十年之后,我依然能从她的谈吐中找到痕迹。

整个这一种极度的、蔑视的、对一切类似个人的、智识工作的不情愿,那仇视哲学的特征。"教育"包含能正确发出法语词汇。反之,假如对马克思、克尔凯郭尔或弗洛伊德感兴趣,被认为只受到"一半的教育"。就像国民小学老师。

某些这样的东西她还保留着,在她小心翼翼的不情愿里,对一切哪怕只有一丁点"沉思"特点的东西的不情愿。

　　我记得有一次真的和她争论起来,以至好几天都没兴致和她说话。那是在前往哥本哈根的火车旅行中(我们习惯于有时在假期做这类旅行)。

　　争论开始于我抛出的一个念头,是从正好读到的文字里获得的。

　　试想,假如是这样,我说,"我"这个字眼其实一点意义也没有。"我"这个字眼在日常对话中反正被运用着,完全就和人们说"这里"和"现在"一样。所有的人都有权称自己是"我",与此同时,一次里只有一个人有权,就是那个那一刻说着的人。

　　没人能说服自己"这里"或"那里"意味着什么特别的,意味着概念后存在什么。那么,为何我们就得说服自己,我们有一个"我"呢?

　　它在我们的内部思考。它感觉。它说话。这就是全部。或者:是这里在想,我这么说着,同时将指头对住前额。

　　继续这么绞尽脑汁,你会疯的,她说。

[黄色笔记本 Ⅱ :8]

如此美妙得出奇的一个早晨。在睡眠的深处，顺便说一句，我梦见一头和善的，可原则上也是十分危险的大象在无边的田野上追赶我——不过夜里无痛——在睡眠深处，我感觉到那巨大的蓝色高气压已经到达。我在早上七点起身时，它覆盖了整个区域，像一只巨大的气泡，一直到眼下已是下午，还是一朵云也不见。

这种天在三月里很不寻常。

早晨，我来得及将所有蜂箱查了一遍，加了更多糖液。事实上，只有一个蜜蜂社群冻死了。不过，那个社群先前也没多大精神，我曾这么说过。我从未懂得它们都忙些什么。它们几乎每一秒都在筑蜂窝，以一种踌躇的、几乎是卖弄风情的方式，似乎想说，它们看穿了那些人工蜡蜂房，不过，它们自然还是能建一点的，只为显示它们脑子里到底是有几何学的。

风骚的家伙！我很高兴它们冻死了。夏天它们肯定卷入了群舞热，反正会把自个儿弄死。永远革命的概念，这么说吧。

马伦戈,奥斯特利茨,莱比锡……我知道很少能有其他什么事能像养蜂一样到了提供恺撒主义的程度。一个人可以得到所有拿破仑的体验,而不必对马残酷,也不必见一个人死去。

取而代之,人只要看见相当多的蜜蜂死去。

整个过程无论多久都可以继续:挺好,整体上有一种和谐,一种以某个牺牲为代价的和谐,但不管怎么说是一种和谐,是的,可以继续。

要不是六十年代末的某个时候,开始发生了一些事。发生得那么意想不到,几乎是花费了好几年,我才开始认识到发生了什么。很简单,我突然撞上了一个激进而全新的、全然意外的经历:爱。

自然成了悲剧性的,我从一开头就明白会如此,但没有一场悲剧会真的让我害怕。当我回顾我是如何处理的,事实上能看出,我其实一直希望有一场悲剧。很难用别的方式来诠释。

这是个滑稽得不可思议的故事,因为它包含了那么多不可能和诡异的机缘巧合。

我有时在斯德哥尔摩参加全国野外生物学家协会会议。因为有好几年我是副主席,我的旅费是协会支付。因此,我通常在马尔曼宾馆过一夜,晚上听一场音乐会或去歌剧院。那是个小小的隐秘乐趣,也没什么奇怪的。

不过有一次,1969 年 10 月,当我们开这样的会议时,我决定不过夜,而是乘最后一班火车回家。我实在是怎么也不记得究竟为了什么。

我已在歌剧院衣帽间寄存了手提箱,在最后一个幕间休息时,我离开了,到了火车站,正赶上经由哈斯贝里前往奥斯陆的火车,这趟车往往载满了去挪威的美国游客,还有许多在恩雪平和韦斯特罗斯下车的多多少少有些酒醉的人。其后,就越发成了趟夜车了。

我跨进一节几乎满员的车厢坐下。我的左侧坐着个浑身酒气的男人,盖了件丑陋的骆驼毛大衣在睡觉;脸面前,我的正对面,坐着几个小而瘦削的女孩,估计是大学生;我右边靠窗座位上是个块头挺大的金发中年女子,显然未婚,要不是她有那出色的头发,会显得丑。

奇怪的是,我一进来,还没阅读箱子里取出的书,就和她攀谈起来,谈这趟车的车厢总是那么不舒服,谈火车时刻表,谈前往奥斯陆的卧铺,天知道还有别的——古怪的是,我一次也没抬头。我活跃地说话，接着读起我的书来。

在我们停靠孔森恩时，我想走出车厢、查看我们到底在哪儿，我这才第一次抬头看她。

她——我该怎么说呢——她散发着母性。外观没什么特别，几乎有点胖，可当我发现那双眼睛，那里一定发生了什么特别的。那双眼睛想跟我要着点什么，它们让我更真实，带着某些……（两行字拿墨水涂掉了）

接着，在恩雪平，当我发现那个时刻已没有开往蒂尔贝里亚的车时，我犹豫了仅仅百分之一秒，就接受了她惊人的友好邀请，她开车送我，虽然那么晚了——她是恩雪平医院的助理医生，习惯于古怪的时间——随即同样迅速地决定不离开恩雪平了，接着是亲吻、抚爱（一个陈腐的故事，不，一点儿也不陈腐），被一个完全陌生的东西彻底占据，事实上被改变了的感觉，然后是突然变得无比平静的奇怪体验。

就像回到了家。

信不信由你，可我再见到她时，已拖延掉整个春天，虽说我们相距不过六七十公里。这里头有一种奢侈，或者说其中有富足的奢侈感。

取代见面，我们给彼此打电话，在深夜，向对方叙述白天发生的事。我们彼此写信，完全是事实性的短信，外带一两则笑话。

很快我便知道恩雪平医院她所在科室里所有医生和护士的名字,甚至最有趣的患者的名字。她也清楚我家主要发生了什么。我家,没发生多少特别的事。

这带给我一种双重生活,和另一个生活那么近,另一个展现于另一处、完全是另一环境下的生活;也许这种双重生活正是我一直需要而不曾自觉的。

(一直怀疑,所有解决办法存在于我的生活与另一个生活之间的某个地方。)

也许,整件事本可自己平静且停在那儿。我们睡了一次,这没什么。这种事会发生,在一些人那里挺经常,在另一些人那里不那么经常。我们睡了一次,非常好,让我平静。我不排除这一可能性:她这么做至少初衷是为了让我平静。事情本可以结束在那儿。

可那双眼睛让我想起了什么。很简单,它们唤活了某个东西。

它们让我觉得有些东西非常重要,而我一直忽略了(一个陈腐的故事,不,一点儿也不陈腐)。我发现了关于自己的某些东西,先前一无所知的。这给我带来有关新意义和新开始的体验。

我所犯的真正有趣的错误自然是,我把这事告诉了玛格瑞特。

(你当然会说,其实这迟早是必须的,因为没有一个特别合理的解释,来说明我为何每隔一个晚上都在电话机旁坐上半小时,和某个人说话:轻言轻语,绵绵不断,夹杂相当长的停顿——显然那个人不可能是我们平常的老相识。)

我预计了各种她可能有的反应,单是没想到她会开心。她开心。宽慰且开心,似乎有一个实在过大的责任总算从她那儿卸下了。

"请她上这儿来吧,"玛格瑞特说,说的是安,"她一定愿意知道这里是个什么情况。她完全可以在夏天某个时候过来瞧瞧。她有车吧?"

那当然是结束的开始,虽然当时我没意识到。

我邀请她在六月的一个周日来玩。那是个异乎寻常的、美丽的六月周日,我在火车站接到安。

湖非常漂亮,她说,我不知道它有这么大。

很高兴再见到你,我说。

我不知道,我觉得有些不安。

人干吗一定要做得跟在小说里一样呢,我说。

没错,我猜你说得对,她说。

这两个女人在一起,看起来十分古怪,玛格瑞特小巧、瘦削、冷淡;安,母性、严肃、忧虑,似乎她为照管一个病人而来。她们对彼此一无所知,唯一共通的是我。

最初两分钟,在彼此面前,她们看似有一点尴尬。我想,这可绝对行不通。这将是个可怕的下午,我希望我们能赶紧度过。我着手的实在是一个疯狂行动。

正如我说过的,这是 1970 年 6 月一个灿烂而美丽的周日早晨。围绕我们的是西曼兰。从北部那蓝色的、披着森林的山脊的某处发生的林火那儿,传来淡淡的很香的火烟气(林火有个特点,在近处是刺鼻而令人不快的气味;在几公里的距离外,则是相当芬芳的愉悦气味)。

轻柔的微微阵风在浩渺的奥曼宁根湖上飘过,吹皱了水面。在西北方,关闭的矿井口生锈的地衣,自非洲矿石运费下降以来就没赚什么钱的努尔贝里区矿场。北面,一团红色烟雾正从特鲁美斯贝里一家铁厂的铁水那儿升起。从运河及整个往南的湖泊链,听得见这长长的湖泊链上南来北往的汽艇的声音。

正是一年中整个地区突然变得生动且有居住人口增长的时节。见过冬天的沉寂的人们没法理解会是同一处地方。最近的邻居是遥远的六公里外、湖对岸一扇窗户上闪烁的灯火。

南边的更富裕的水源带上，有更多沼泽的森林将我们和梅拉伦平原分开。拉姆奈斯教堂顶着古怪的洋葱头。拉姆奈斯，我那可怜的酒精中毒症患者克努特舅舅总会返回的地方，他每每骑自行车在暴雨中穿过树林，就为了去韦斯特罗斯的国营酒类零售店。黑色而静止的煤溪河边的平原终于朝着索斯塔佛斯和煤溪方向展开，在这个地区，我那不幸而浪漫的克拉拉姨妈，在紧接着第二次世界大战的一个值得纪念的秋天，和一个年迈、眼盲、有胡子的流浪汉旅行过，她和那个人深深坠入情网——此后不久，她便死于肺炎，可怜的家伙。我们是古怪家族。我们做古怪事。

而我站在这里，把一个女性——显然是我生命中最大的爱——介绍给我妻子。

她们客气地沿着花园小径走，看看花圃。（1970 年，这座房子当时是夏屋。）

你们小心蜜蜂，我说。眼下它们可不安分。它们相当有攻击性。

她们只是笑。

本是个小花园。转一圈用不了多久。她们花了相当长的时间。

她们回来了,忍俊不禁,有些兴奋,她们找到了彼此。

蜜蜂和大黄蜂嗡嗡转,底下西沃拉教堂的钟声敲响了,像我先前所言,一个实在美妙的夏日。

一个乌托邦,我想,一个现实化的乌托邦。我一直怀疑。其实,没有什么能阻挡我们活在那些常规之外。我以前从未弄明白这一点!

接下来的时间相当奇妙。我想我们因为它改变了太多,我,安,然而我们当中改变最大的是玛格瑞特。

我当然从不知道,她需要的是一位母亲。

[黄色笔记本 Ⅱ :10]

大家肯定都有过在火车站的不适体验。一个人要和另一个道别。那个要走的人已经上车，车还没发动。人站着，一个在站台，另一个在窗内，都试图和对方说话，突然，无话可说了。

这自然是因为突然间我们不可按自己的意愿感受。情形给我们预定了一份情绪。有谁不曾在火车终于出站时感到极大解脱呢？

或是葬礼？当有人死了，病了，噩耗来临，我们被期待以确定的方式去感受。

除了最平常、最中立的，在所有这些情形里，有一个我们应如何举止、如何感受的压力。更近距离地察看后，你会发现，并非偶尔，是人们某个时候看到或读到的小说、电影和戏剧给我们预先写好了这些角色。

当我们果真面临一个不寻常局面时（比如我们预期的竞争没出现，反之，进入了一份把我们孤独地丢下的爱），我们首先会抓住那些情绪化的小说式情感模板。

它们给不了我们多少帮助。它们抛开我们，让我们比以前更孤独，并且一个倒栽葱，我们便跌进现实。

[蓝色笔记本Ⅱ:5]

我用了相当长的时间才明白,1970 年的这个奇怪夏天如何将安从我身边夺走。

(并且我觉得她们从我这儿夺走的是我最后的机会,达到我一生期待、一直朝着这方向努力的自我独立,到达我自己和我的维度的清晰。

她们成功阻止的是现实和人性的突破。)

我想事情是这样的:

我已婚的现实让安释放出了多种罪恶感。这罪恶感与我爱她如同她爱我一样多的事实势不两立。同时,她被自己的教养和所有观念引导,认为罪恶感是有害的、邪恶的。

她把这些转成对玛格瑞特的同情。玛格瑞特立刻看到了自己的机会,这两个女人一起将我变成某个不负责任的人,一个不能期待的孩子。

这可完全欺骗了我,因为这多样的母亲般、姊妹般的三人组制造出一种我从未体验过的温暖、和平,此前此后都未曾体验过。

像鸟巢里的温热。

［蓝色笔记本Ⅱ:6］

Ⅲ. 童年

接着,疼痛严重起来,发生了一件挺古怪的事:

完全是其他的年代、其他的记忆,对我来说开始变得最为重要。

婚姻、职业生涯,上帝! 这些消失了,像一件琐事,一则短小插曲,那些不久前还填满整个世界,有时让我带着胡思乱想在夜里醒着的一切,只成为一个重要得多的故事里的插曲,童年才是故事里那个直到如今、唯一真正强有力的篇章。

我并不明白是因为什么。童年当然是一个孤独而以自我为中心的年龄段,或许是这么回事:疼痛让我再度像童年那样孤独而且以自我为中心了。

这事始终和自己体内那个不明晰而又危险的秘密相关,那种某个剧烈变化在发生,却没法弄明白它到底是什么的感觉,全都以一种反常的方式,让我想起青春期前。我甚至再次有了点羞耻感。

自从烧掉那封可恶的信,我就把一切靠在了自己身上。

我将孤独奋战,会承受自己的死亡。

可我还是不信。很有可能,到了四月,一切就改变了。假如是肾结石,就早晚会走掉。假如是感染,天气少许变暖而和美时,就一定会消停。

我自己不过是觉得垂死实在太过重大。我想象垂死会更迷茫、更虚弱。一个垂死之人不会在病痛中和狗儿来一段长长的散步。

或许,这是我正在发明的一种新的死亡方式?

除了疼痛,几个月来第一次,外部世界开始传来声音。

税务评审委员会主席、木匠瑟德克韦斯特打来电话——顺便说一句,他很亲切,很体贴——指出我要是不交税务申报表会被罚款。我的表兄孟戈达一家打算在复活节,在他们去赛伦的路上,来我这儿过一夜,这叫"看看我过得怎样"。

挺难。

对瑟德克韦斯特,我说,眼下我正觉得不大舒服。他保证哪天晚上过来帮我。

就像他在电话里说的,这也不是什么大不了的申报。我们肯定能在一小时之内弄好。

"在痛苦之上"——正是这样的表达瞬间将我放回我的童年。那一阶段充满这样的表达。

"在痛苦之上"自然意味着痛苦里有了其他的添加,满满的分量。那么多痛苦,眼看就要溢出。

"在痛苦之上"——正是这种话,我母亲总说。

斯维尔姨母一定会用完全不同的方式表达。她会说:**"是这样,人会怀上黑人小孩。"**

现在魔鬼走在干干的地上——爸爸

别介,亲我的屁股——斯蒂格舅舅

魔鬼的血和未出生孩子的怨

诅咒的深渊

哎呀,这会儿它可咬着外公的大腿了

我在夏天会看到他们,在乡下,在早餐桌边,时常还有几个闲逛着的亲戚。克努特舅舅,有点秃顶,微微颤动的腮帮,早餐时总有些出汗,似乎他无法忍受,总有些沉默,压抑。斯蒂格舅舅,短短的方形胡须,眼镜架镶着金边,只谈论金属合金以及朝鲜战争中俄罗斯技术的最新成就。装甲部队,虽说武器无足轻重,却站在美国的火箭弹前。当化石能源快要耗尽时,利用地球内部热量的可能性。斯维尔姨母,大块头,红润的脸颊,粗糙的双手,她抚摸你的脸时,感觉像砂纸。讲述有趣的危机时期餐厅厨房的奇异故事,早上七点在厨房门口非常谨慎地发送瘦削的蓝狐躯体和砍掉的爪子;沉甸甸的锅拿进拿出,一层厚重的灰色而凝固的脂肪在表面慢慢结晶;一名醉了的木柴商将他的吊裤带掉进了厕所,却把它像模像样地放回优雅的黑色尼龙衬衫上而毫无觉察,不得不让出租车给小心地送回家。

克拉拉姨母——不,她已不在。外婆爱玛从来都不在那儿,从不属于那儿,甚至不是个真正意义上的外婆,而只是领养外婆,在我三岁时就死了。我不过是从传闻中知道她。(天晓得,我是怎么想起她来的——我的记忆出了事,古怪的、我没想到可能会发生的事,我开始瞥见这些我没想到存在于那里的事。几天后,我开始跟随一个想必来自三岁以前的日子的记忆,我和外婆爱玛一起散步,爱玛挽着我的手,在韦斯特罗斯的雅克奈贝耶特公园,在特别高的绿树下,树叶的影子嬉戏、涡旋,没错,就是对着大地涡旋。而所有这一切发生在非常早的时期,只记得公园长椅出奇地高。)

一个别的人多数时候是自己打理,克努特舅舅说,其余的淹没在突然出现的有人对着桌边敲打一个不寻常的煮硬的鸡蛋的声音里。

一个别的人

瑞典语里最古怪,最诡异的"我"的说法之一。当然粗俗,比它的粗俗更有趣之处自然是其哲学性。**一个别的人**——这根本就是一个花剑运动员在最后一刻,跳到一边,让对手的剑刺入空气,那里刚才还有人站立过。

我无法想象一个比这更奇怪的、鬼一般的语言,它有可能表达自己,却好像在说某个别的人。

——一个别的人多数时候是自己打理。

那意味着:你们又没帮我多少,在我的问题里,你本来其实有好多可以做。没有你,很难讲是不是会有那么多问题。因此,你们欠我一个重大的感谢。

——好男人自己救自己。(斯蒂格舅舅从桌子另一端发出雷霆般的声音。)

那意思是:你成了小酒鬼,是你自己的错。

在痛苦之上

很奇怪,然而,无论我如何在记忆里翻找童年听到的所有谈话,我不记得有一段谈话不是参与者彼此把玩着多多少少的微妙负罪感的。这些负罪感之于他们的交往差不多就像球之于打网球。

没有这些,他们彼此的关系会站立不动,僵硬如同雕像。

找不到什么驱动力,没有动机。

负罪感是拉紧的弹簧,回答是释放弹簧的小钩子。

这些负罪感在巨大而完全的教堂管风琴音域里移动,开始于:

请你把盐递给我好吗?

在最高领域,移到:

要是你能省点糖来就太好了。

从瑟利申纳尔音栓和两英尺簧管音栓间的某个位置,降到那种咆哮的深深的三十二英尺低音,比如:

哦,为你牺牲了一切的我

或者,

要不是有了你,我们在第一年就已经离婚了。

这些后头的,特别深厚的声音自然只是用来制造非常特别的效果的。可以说是配合教堂隆重场合的音乐。

有哪一种奇怪的赋格、托卡塔、利切卡尔、帕萨卡里亚是他们不能在这架负罪管风琴上弹奏的,有哪一个根本的小农焦虑,臭名昭著的肮脏交换是他们不能导致的呢。只需键盘上的一个小跑,有人一直坐在网里,他们一旦完事就开始嬉戏。

明白吗,在所有兄弟姊妹里,爸爸最爱的是我。

明白吗,妈妈一直喜欢斯蒂格,他是那么能干的小男孩。

他们没什么轻松日子在自己身后,也没什么特别戏剧化的,绝没有悲剧命运(然而四十年代是世上制造很多真正悲剧的时代,人必须保有比例感),不过上帝知道,没什么事是曾经发生在他们身上而叫他们没法彼此抱怨的。这给他们一个灿烂的机会:彼此推上一把,让彼此得其所愿。

瑞典的低层中产阶级生活在负罪和自我蔑视之中,他们只知一种形式的修辞,那就是抱怨。

现在解放你那遭罪的人性

但首先是我这受难最多的

只要乘上几公里有轨巴士就够了,就好去看看是怎么回事。要是他们没别的好抱怨,他们就抱怨自己那可恶的疾病,他们疼痛的膝盖,他们的胆结石和胃溃疡,他们曲张的静脉,他们的打嗝和心痛,他们的痢疾,和石头一样坚硬的、在夜壶里叮当作响的粪便。

同时,他们始终自以为,只要抱怨,有人就会关心他们。

该死的白痴

比如说就在现在,我感到一个搏动的疼痛,在几分钟之内会阻止我把这些写完。它开始于右侧大腿下方某处,感觉像液体金属或类似那样的东西混入了肌肉组织,也许你可以说是金线。然后,它继续往上朝着右鼠蹊,这闪着白光的整个一束金线一直往上,朝着肚脐、臀部、腿后侧,这闪亮金子的沉闷回声的扇子一直延伸到横膈膜。要是我躺下,会加倍地疼,要是我继续坐着,疼痛就扩散到上头脊背,不总是同一音调、频率,闪着白光的金线的振动频率持续变化,制造出和弦,真正美丽的和弦,直到它们不知怎的发生故障,变得刺耳。

对此,我他妈都没人好抱怨的!没人!

*

三天前就已经好很多了。有一点疼,仅此而已。

挺滑稽,昨天,我交到两个朋友。这样的事好久没发生在我身上了。

一个叫乌菲,另一个叫乔尼。乌菲十二岁,而乔尼就快十二岁了。

乌菲来自欣斯卡特贝里,乔尼来自芬兰的博尔戈。就在我出去查看信件时,他们站在门外,两个人看起来很像,都穿蓝色棉夹克,有点小雀斑,好像阿登马的长头发。

我猜他们住在北面瑟比的伐木工住宅区。他们的父母在去年秋天移居到这里。他们在特鲁美斯贝里校长管辖区的学校上学,而他们自然一点也不知道我曾是那里的教师。

我希望,他们是出来寻求放学后的某种历险,然而他们单纯是在这样的好天气里逃了一天课,也不是完全不可能,接着,他们渴了,想找点水喝。

不过我推测他们不为别的,而是因为好奇才来敲我的门。很简单,他们想知道,是怎样一个古怪男人住在这小房子里,和所有灌木以及长长的一排绿色蜂箱一起。

进来吧,我说。

他们有点害羞,我给他们说了点蜜蜂的事,可他们看来并不特别有兴趣。

接着,我们谈了谈他们的父母:他们的父亲显然是在一个就要进行的大型皆伐中得了工作。

关于学校,他俩没多少好谈,没错,食堂比他们先前学校的好,因为这里的托盘不是金属的,就没那种要命的噪声。

他俩一个想学冰球,另一个对合球感兴趣。

慢慢地,他们因为我的电暖炉而出汗了,也开始小心翼翼地与狗玩耍。乔尼的袜子完全湿透,可能他的一只靴子有洞。

（总之，我实在不明白，眼下这个季节里，他怎么会穿着橡胶靴到处走的。）我提议他借用或接受我的一双旧的粗厚袜子。一丝犹豫之后，他这么做了，他打开书包，好放进自己那双袜子，那双湿的（我替他把它们包在了一张报纸里）。

是这么着，我发现他带着特别多的系列杂志，差不多翻烂了的。我提出看看，对于那么小的书包来说，可真是大得令人吃惊的一捆，全都是最可怕的惊悚杂志，《坟墓男》《功夫》《冰凉的惊悚故事》《奇妙的四个》，还有好多别的。

我们一起翻看。实在有意思。

你们干吗读这些？

他们没法解释。

我觉得我差不多能做解释。那是青春期前含糊而嗡嗡作响的恐惧，得有地方聚集。这恐惧寻求结晶核。惊悚年龄段，差不多能这么叫。我们就那么坐着，而时钟滴滴答答，谈论了幽灵、丹麦泥炭沼泽死尸、陌生星球上可怕魔鬼的可能性，直到狗因为尿急而吠叫，我意识到自己错过了进餐时间。

他们非常开心，我觉得。走之前，他们保证很快会再来。我也对他们保证，到那时，我会写出个比那些恶劣商业杂志能带来的好上许多的惊悚故事。

这些小家伙以某种方式让我有些振作起来,他们让我想起我自己。此外,我开始琢磨,放弃做老师是否是过于仓促的决定。不过,首先,每一个冬晨,在六点起床并试图发动汽车,可不是什么特别开心的事;其次,这会儿考虑这个也实在太迟了。

[黄色笔记本Ⅲ:1－4]

OG 岛上的巨大管风琴

　　至今发生了以下事件：大陆那边位于汀斯的兄弟会用一艘船将迪克·罗杰派到薄雾群岛，群岛在好些年前已被掌控在邪恶的魔法帝"滇"的手下。在上一段故事的结尾，魔法帝的黑塔被猛然扔进他自己创造的宇宙洞坑中的一个，那时大家都以为魔法帝已葬身火焰和青烟。最近，汀斯海峡里的船消失了，一层暗黑而不自然的雾笼罩了所有岛屿。兄弟会担心，大头目的外甥女、那美丽的黛安娜·丁，刚被几个恐怖的戴皮面具的黑衣人绑架，可能被囚禁在岛上。

　　在最近的那些岛上，迪克·罗杰发现两个怕得要死的芬兰水手，这两个水手的船只在风平浪静中突然被一股奇怪的旋风卷至空中。罗杰给了他们食物和干爽的袜子。水手们有可怕的事情要讲。

　　滇靠着他的非人类仆从的帮助，包围住所有岛屿。所有逃出的难民都说，那些仆从不可战胜，且有超能力，很可能是某种恶灵。而群岛本身全都隐没于魔幻之雾。

很可能,溟将黛安娜囚禁在地下大厅,在那里,他正在准备最新的恐怖发明:一架巨大的管风琴,有古怪的高频音调,能影响人类心理。而最重要的是,高频能把疼痛传送给人类,传送甚至可超越很远的距离。

就在海岸边一块小岩石上的一间屋子里,迪克·罗杰和他的随从找到一个古怪的白胡子老人,叫西吉斯蒙德,老人说,他有个针对巨大管风琴可怕效应的绝对补救法。

补救法和一条魔术蛇相关,老人固执地用一只陶罐把它带上。

一场骇人的风暴后,他们抵达了 OG 岛升腾着雾气的岸边。

虽说这会儿一定是进入早晨有一阵子了,也还是几乎暗黑一片。在那焦虑地移动、似为活物的雾的轻纱间,高而黑的岸边岩石闪现。在它们顶部,通过了一条低低的、迅疾之云不可阻断的队列——就像军队,迪克想,一支不安的精神的军队。

涛声这会儿开始减弱。夜里那么暴虐的狂风,正慢慢转为涌浪。

他朝身后看了一眼。穿着破旧鞣革夹克的水手精疲力竭,正卸下最后的配给和船上的风帆,船帆看来已无法承受更多压力。

唯一给人以完全平静印象的是西吉斯蒙德,他带着他的陶罐、地毯,在紧靠黑色崖岸的一处干沙滩上坐着。他看来没被这地点、时间和情形打扰多少,似乎进行的是一段美好的周日散步。

这一刻,他从身上那件破烂的外套式衣服内袋里,掏出一根美丽的银色笛子。他拿袍袖仔细擦拭,直到笛子发亮,在奇怪的十一月的暮色里,闪出一种罕见的亮。

显然,他已打开陶罐盖,在粗暴的搁浅中,罐子以某种奇迹般的方式保存下来,并未打碎。他将笛子放在唇边。穿过风的嘶叫,听得见一个呜咽而怪诞的旋律。

他在为蛇演奏,迪克想。

那两个芬兰水手,没错,他们说过,在那突如其来的船难之前,他们其实是芬兰水手,在几年前的一次沉船事故后被遗留在世界的这个角落。这会儿,他俩正为生火聚集木柴。

不知这是否明智,迪克说,指着木头。有人能透过雾气把它看得很清楚。

芬兰水手沉思着点头。这会儿蛇头刚好冒出陶罐顶。蛇正在用头摇来摆去。

蛇在跳舞,迪克说,自言自语多于说与别人。没错,真的,它可不是在跳舞嘛!

与此同时,他感觉到刀割般尖锐的痛。是从右腹股沟的某个点发出的。迪克迅速四顾,见其他人也都因为疼痛弯下身子。芬兰水手中的一个显然惊厥了,正在地上扭动。唯一看来完全不受影响的是罐里的蛇。

疼痛比他能预想的糟多了。

只有一个希望,迪克说,他积攒了所有的力气以便能说话。那架危险的管风琴比我们预期的至少早完工十四天。

我们必须查出振动来自何处!

[蓝色笔记本Ⅲ:1]

"恶性肿瘤在一个细胞、细胞群或组织因为某种原因打断合作,将自己组成一个独立个体,寄生于其他器官时产生。形态学显示,这些肿瘤有不规则、无目的的结构,类似胚胎组织,它们的细胞来自那些常规的反常结构,有不规则的、迅速生长的外表。一个恶性肿瘤生长迅速而自立,独立于其他器官。随着生长,它破坏周围的正常组织,部分通过膨胀的扩张压力,但主要通过直接破坏。肿瘤刺进周围的细胞空间、淋巴和血管,部分通过毛状血浆扩展,部分靠散布单一细胞或小粒子到血液及淋巴系统。它们牢牢进入更远处的器官,形成新肿瘤个体,和肿瘤母体有同样的破坏性。"

[蓝色笔记本:复制于一本无法识别的书Ⅲ:16]

昨天的事发生后,我意识到,我至今不曾严肃看待疼痛。我只和它嬉戏了。几乎可以说,我让它们给我一个新的生命内涵 ——在无痛的日子及有痛的日子间的转换有过一种戏剧性。

每天醒来怎么说都有点好期盼的,而每晚上床时也一样刺激,看是否夜里无痛。有些时候,整个阶段,两三天,甚至四天,我都没觉得下边右腹股沟旁的古怪地方有什么不适。

疼痛把我拥有一具身体的事实戏剧化了,不,我是一具身体,并且,从我是一具身体这一事实,能找到一丝古怪的慰藉,几乎是获得安全感,就像一个特别孤独的人因为宠物在身边而获得安全感。

这头宠物非常麻烦,特别在将近早晨时更是一头野兽,但它不管怎么说,某种程度上是我的,正如那是我的痛,不是别人的。

不过现在,我开始考虑我让自己陷入的是个什么,比如说我没打开而是烧掉了那封医院实验室的信件时。

今日,那些深夜和早晨的几个小时里我经历过的,我根本没想到会存在。它绝对陌生、白热,并且完全势不可挡。我试图十分缓慢地呼吸,但只要它还在,甚至那至少以某个很抽象的方式试图帮我区分疼痛的知觉与慌乱的呼吸,也接近于过度劳累。

再没有什么宠物了。一个恐怖、巨大、白热而非个人的力量住进了我的神经系统里,占领它,直到最后一个分子,并试图爆炸每一根神经,直至成为白热的气体之云,就像在——在日冕里(一整夜,我在琢磨日珥,它们如何搏动,如何冲击,如太阳表面的小瀑布)。

我意识到我对这一切开了个坑笑。我对待此事如同对待一生中其他事一样不严肃。

但这玩意儿来自外部!我的上帝,它是从哪儿来的?好一个不可思议的神秘力量,不是那可怜的受折磨的神经系统能制造的。唯独以我为目标的能量。唯独我,在所有人中!

这会儿又好了些。过去几个小时里,真是好多了。但我依然冒着冷汗,我试图书写时,手里的笔在颤抖。

我希望,不,我确信它绝不会再来了,肯定有些什么是毁了,绝对是毁了,因而再不会引起疼痛了。

或者, 也许不过几小时后它会重现?

眼下我所体验的是纯粹的分解, 纯粹的混乱。

此前我从未真正明白, 体验我们自己作为某个被聚集和被有序安排的东西的可能性, 作为人类的我与未来的某种可能性有关。关于自我的整个概念建筑于明天还会存在的基础上。

这白热的疼痛自然从根本上说, 不是别的, 而是衡量那些让这躯体在一起的力量的精确尺度。它是让我能存在的力量的精确尺度。死和生其实是**可怕的**东西。

[黄色笔记本Ⅲ:23]

"阿丝塔·博林①并不是说她知晓受苦有无意义的答案，讲座标题不过是为了问题而设。

尽管如此，她有很多有价值的字眼可提供，慰藉的字眼，有意味的字眼。

她讲到，有一次，一位朋友在深重的悲痛中经历了绝对无意义。在无助之境，她说了些字眼，真正帮到了他。它们是：每件事还是会有我们赋予它的意义。

阿丝塔·博林并不是说这些字眼包含某种哲学或其他的真理，而是说，它们毕竟表达了某种本质的东西，就是说：一个人在悲伤前可以是积极的，可以开始处理它。"

[黄色笔记本：《西曼兰省报》剪报，3 月 10 日，Ⅲ:26]

---

① Asta Bolin, 1927 年生于柏林。瑞典作家，文化记者，当过演员。

湿地。沼泽地。扩张成众多小小渠道的、缓慢而呆滞的水。鸟儿，有人接近便飞起，慌乱地飞成一朵唯一的云。吹皱褐色深水的轻风。云。

我把自己男孩时代大部分的夏日时光消磨在了森林南部拉姆奈斯铁厂附近了。

奇怪得很，可每当我需要获得慰藉，不是临时的、轻飘飘的，而是深深的慰藉，一种告诉你没什么会更好，你还是不得不觉得被慰藉了的慰藉——我就会又想起那地方。

而一切是流淌的水流的单一声响，几乎到处都是。从上头费曼斯博水闸处的黑色涡流，到下边南那登湖奇怪地惆怅着的、富于鸟类的沼泽地带。

完全静止地立于浅水中的群游鱼，每当一重阴影落于其身，便闪电般迅捷地消失。

在北面的煤溪河，湖泊中间某处，父亲和我有一回差点淹死。1943 年 11 月末的一天，我们打算划过湖去买农人的奶酪。是那种农人常用的褐色旧木划子——船底因为那些不同的藻类而如玻璃般光滑,不过,只是奥曼宁根湖南部常用,其他地方的船头则是更尖的——在这样一只木划子里,人要不注意就会断了脖子——此外,它还漏得跟个鬼似的。

我们借的木划子漏得实在太厉害,大大超出所料,我们跟疯子一样拖着疼痛的手臂不停地轮流排水,直至最后一秒抵达另一边泥泞的岸。水冰凉,而我的手完全蓝了。

这个排水过程让我觉得,我看见了有关怎么样是活着的图像,我那么小。

黑市交易在我的男孩时代于我们的生活里扮演了一个巨大角色。我有个印象,我们时常外出进行夜里的远征,好去买奶酪而不用配给卡,好去探查驼鹿被切开的一块块。

过去的三天,疼痛流淌得微弱些了。似乎已过了某一道可怕的瀑布,如今我们又在死水里,在另一边的黑色而呆滞的漩涡里了。昨天我又出去散了会儿步。我不敢开车。我觉得自己太虚弱,不过,因为在二月的运动假里,松德布拉德来了,他也知道我感觉不适,每天都替我去店里购物。我有点担心松德布拉德走了之后怎么办。也许我能恢复。内心深处,我感觉自己经历的是一场危机:其实,如今我觉得我被拧干了。

我对自己说,不管对错,这是某个像疖子一样必须爆裂、已经爆裂的东西,而今当它已破裂时,我必须自动地落在改善之路上。我希望这是真的。

不管是哪种情形,它都消耗很多精力。上周发生的事。管它是个什么事。整个上午,我都在考虑是否该对着阁楼架上梯子,拿下几副蜂箱用的框子,框子得磨砂、上新漆。这能给我一点有意义的事忙乎,书写却只会让我更抑郁。然而,一上午想下来,我得出结论,我根本做不了。

也许明天。

*

这片沼泽地的云总是很低,把自己照在水中、在渠里。

夏天的一些时候——特别是四十年代的夏天——我有过走在檐下的感觉。似乎我进入了某个复杂的陷阱。

那时,在四十年代,还有那种带着巨大的刷了石灰的炉灶的农家厨房。在每一个节日,它们都会被刷上新一层的石灰,年复一年,它们一定因为所有的石灰涂刷而成长。

一定是靠在这样一个巨大而温暖、刷了白石灰的灶台边,我父亲和我结束了探险。我还能忆起薄薄的、像是烤焦了的、那时我们常喝的咖啡的味道。

在奥曼宁根湖西侧一座高坡顶上,那时,那地方在法格什塔和维什布之间有一条陈旧而陡峭的砾石路,我舅舅苏纳在那儿有一家乡间杂货店。

一座绿房子,房前是一台加油机,一台巨大的红色加油机,顶部有个玻璃盖,能看见黄色的柴油如何被抽进去围绕着一根螺杆。在四十年代,泵里自然没有汽油,可它看起来反正很体面。舅舅和他胖得不可思议的老婆住在楼上,她叫露丝,在室外从来都看不见她,我估计她甚至连下楼到店里去也很困难,在店里,她通常是坐在那里看着,圆滚的腰上系着沾了些血点的屠夫围裙。

店内是褐色的,褐色墙面、褐色柜台,褐色柜台外有一根褐色绳索穿过一只洞往上延伸,一定是有人用榫凿弄出来的。那是远在塑料袋时代之前。玻璃熟食柜那儿,几块绿色的肝在一种不确定的有机液体里飘动。后头有间小屋,是苏纳舅舅把那副金属边眼镜推到前额,数配给券数到半夜的地方。院里有一架棚子,里头堆着石油、五金器具、少量自行车轮胎、严格定量物资以及其他一些小东西。

他总是抽褐色小雪茄。因为他有一副差不多与尼采或斯大林同款的胡须,每当雪茄屁股慢慢地像老式保险丝一样就要烧断时,你总有点担心他的胡子着火。

他或许和尼采有一点相像。他是个人主义者,不让自己被打动。在他柜台前发生关于进行中的战争的议论时,他叼着小雪茄烟急匆匆跑这跑那,烟头在嘴角,每只耳后有一支铅笔,一把剪配给券的剪刀挂于腰带的一个串子上,总是急迫,时常将小雪茄从嘴里只拿出一小会,呲上一句:

"全都是一样的废话!"

"全都是一样的废话!"对他来说,几乎是一种格言,在所有比较戏剧性的场合他都归结到这句话上。

他有过一辆卡车,一辆带木煤气发生炉的沃尔沃,就立在院里砾石坡屋前的一个杂物棚那儿。有时能动,有时不能。需要好几个小时给它切割木煤气木头,得用宽齿锯将圆木块锯成齐整的特殊形状的小木片。给烧炉准备木头可不是人干的活儿,直至气体如希望的那样开始流动,通往不同管道以及驾驶室后奇高的大锅里,实在是对耐心的考验。有时,那里头真开始烧了,人就得立刻停靠在最近的湖边——感谢上帝,有很多—— 给整个设备加水。而发动机的气缸总是沾着、涂着黑褐色的焦油。

可他必须有车,好弄到面粉、糖、牛奶罐,以及只能在夜里,在悄悄之中从韦斯特罗斯和煤溪运来的不寻常的东西。

苏纳舅舅各样都做那么一点。他继续做到六十年代后期,不过那时,他自然已转向建筑业很久了,还参与了获得国家贷款的出租物业。这个建筑业后来在整个哈尔斯塔哈玛和维什布的耕地上盖起了房子,房屋以高昂租金租给芬兰工人;房屋在这些地区生长,就跟蘑菇在潮湿的西曼兰土壤里冒出来一样。然而,这也完全是另一则故事了。那时,他已来得及搬进韦斯特罗斯一幢有十八个房间、带游泳池和铜顶的楼房,自称建筑商了。

不过,这会儿还在四十年代。

1940 年的夏天,苏纳弄了三大桶一级汽油。他从挪威所有想得到的地方把它们搜罗而来,怎么做到的,我并不清楚,不过很可能,他是拿什么和他们做了交换。

卡车发动机实在太破,没法再转换到汽油引擎上,不过他反正有他老旧的战前型号普利茅斯,那玩意儿原本在邻人农庄里闲置了整整两年。

他用两匹马把它拉回家,花了一个周六和一个周日,将一切修整好。发动机靠着昂贵的德国航空汽油猫一样哼哼唧唧,汽油是以某种费解的方式越过边境从挪威弄来的,那时,那里甚至连难民也很难通过。

现在自然是再清楚不过,用通常的汽油他很难开得远。

那将很快把他置于铁锁和铁栏之内。邻居们反正是够嫉妒、够怨恨的了。

尽管如此,他们都得到过好几个月的赊购信用,几乎每一个人。就别提他时常拿指头胡乱查看的那些值钱的配给券了。这些不知感恩的家伙没干别的,只知道诽谤他。全都是一样的废话!

他在瑟斯塔福斯附近找到一家车库,那里有个私人小汽车发动机组,是那种可以像独立小拖车那样,通过一个包括软管、电线、拉索、球窝接头在内的复杂系统和车连接的玩意儿。是个完全生锈并且部分被火损毁的私人小汽车木煤气发动机组,但还保有一种质量:它能在自己的轮子上滚动。

就跟买废品似的,苏纳舅舅以五克朗把它买下,用卡车把它拉回家,捣鼓了一个周六和一个周日,甚至还弄成了非凡的银铜色。只要不去刮擦铜漆,它看起来很炫。

私人轿车跑得好像靠汽油驱动的发条装置。而机组拖车也尽其所能地拉着。自然它放慢了点速度,可除此以外,开起来和一辆战前的轿车没什么两样。

苏纳舅舅开车转了半个西曼兰,极大地享受了他的新的活动自由,把他圆滚滚的妻子载到韦斯特罗斯电影院,觉得总的说来,生活开始好转。顺便提一句,这是生意运转得特别好的一段时期。

维什布与法格什塔之间的那条乡村旧道当然是不行。而今一条高速公路径直穿过苏纳舅舅的庭院,那间绿色店铺荡然无存,那地方唯一的纪念是一棵美丽得不同寻常的老岑树,它以某种奇迹般的方式承受住了履带式拖拉机和爆破,站立着,且朝右车道斜伸出去。

每一次开车路过,我都想起这段时光。在春天,岑树还在继续翠绿。

它是强壮的树,岑树。

冬天的木材运输后,那条旧道中间会有难以置信的坑洼和车辙,所谓路脊。有时,在早春,整个左侧路边(我看风景是从北往南,但我更多的时候习惯于我们往往从其他的路开过来)倒入奥曼宁根湖,道路管理局的警告牌用醒目的红色劝诫说:在这里得小心。斜坡不可思议,最长的肯定超过五公里,是每个来自北方的自行车手的渴求之梦,可对于来自南方的车手来说就是一场噩梦了。

那条新路几乎完全平坦。穿过那些威武的山脊、兰茨贝格的山嘴,穿行于非凡地炸开的路口,环绕南那登湖的古老而充满芦苇的沼泽。沼泽里,有被风吹皱的沟渠、野鸭,和神秘的迟滞黑水的迷宫,部分已被几千卡车来自爆破的填料塞满。人已把风景弄得一团糟。

也许这风景已失去它的灵魂。也许它只隐藏了自己。我相信,有一天它会回来。

不管怎么说:那时,道路实在糟透了。1942 年或 1943 年春,在成功进行了半年的信件往来后,维什布和维斯塔福斯两个市府成功提议和韦斯特罗斯省府一起检查这条路。

来自省府的绅士们一大早就乘着差不多挤得满满的两辆车出发了。可以想见,用的是木煤气发生器。就在维什布北面三岔路口,省府代表和跟在第三辆车里的维什布市府代表相遇了(我根据《西曼兰省报》摘录)。

这么着,这可实在是一场出奇成功的示威旅行,载有道路管理局领导、省府秘书、同级别的基督教委员会成员的那第一辆车,在距苏纳舅舅的山坡以南三公里处断了后轴。和两个省政府法务职员一起,他们不得不在早春的湿雪里跋涉,直到终于抵达苏纳舅舅的房子。不走运的是,他们在队伍的最后,出事时,另两辆车里的人根本没注意到发生了什么。

他们在雪泥里踩出咔哧咔哧的声响,在关于继续朝法格什塔方向走还是返回维什布的热烈讨论进行到一半时,省府秘书看见了山坡上苏纳舅舅的红色加油泵。

那一刻,汗水在秘书红彤彤的脸上流淌,他那条塞进口袋的羊毛围巾耷拉下来,在身后挂着,好像拖裙。谢天谢地,一名法务职员拿了手提箱。

因为西曼兰报,苏纳舅舅自然认出了道路管理局领导,也认出了省府秘书,瞬间脸色苍白。他近来的好生意里是有什么玩意儿太大胆了吗?

看见他们的状况后,他很快冷静下来,斯大林胡须下绽开了最有魅力的笑。

很快,穿着内衣裤的绅士们坐到了楼上摆布停当的咖啡桌边,而在隔壁厨房里,露丝用一块冒热气的滚烫的铁在熨他们的裤子。对话围绕可怕的道路展开,事实是每天都有人折断后轴。真是难啊,一个可怜的生意人在这申报配给券的危机时代所面临的。自然,绅士们要理解这个不容易,就在我们之间说说,坐在基督教委员会里也不容易,严松先生,能再斟上一丁点,一丁点干邑吗?

这可是要多愉快有多愉快,而且本可持续到深夜。道路管理局领导说得再清楚不过,这条路得他妈快点浇上沥青,至少为了这间实在美好的小店。一切都是那么平和而快乐,直至一位绅士碰巧看了一眼手表。

慌乱!他们急忙穿上裤子,表示衷心感谢。问题只是,亲爱的严松先生是否愿意好心地开车送我们——到维什布,到维斯塔福斯——哎呀,哪里是最近的?

哦,维斯塔福斯? 那么,亲爱的严松先生一直那么亲切,也许可以开车送我们到南面的维斯塔福斯,不对,北面的。我听说严松先生刚把一台木煤气发生器修理好?

苏纳舅舅潜入油棚,给普利茅斯加足了油。

汽车旅程和整个下午一样愉悦。苏纳舅舅情绪好极了,小雪茄活泼地在尼采胡髭里鼓翼。等到他们差不多开到松德比戒酒中心的高度时,他实际上已为他的店成功地从基督教委员会获得纺织品更大配额。车子胜利开到法格什塔旧城市政府大楼前。在那里,一个阴郁的接待员看到后座上的绅士们时,快活了一些。他们是来自三个地方政府的议员,来自省政府和道路管理局的绅士以及来自维斯塔福斯的警察局长。

绅士们爬出车来,感谢护送。是这时候,有人发现,木煤气发生器不见了。反正就是没有! 要么,苏纳舅舅在匆忙中忘了把它挂上,要么,更大的可能是那玩意儿在路上给颠丢了。

他和其他人一样真诚地吃惊。

哦,上帝啊,苏纳说,我的木煤气发生器呢?

车子空转着快乐地推进,感谢上帝,没人有心注意到。

我们一定是弄丢了这混蛋。苏纳说。

不过,老天呀,那我们是怎么到了这里的? 道路管理局局长说。

这也没什么奇怪的,省府秘书带着高级官员的权威和优越的知识说:"有那么多斜坡。"

可我们不是攀上了那些坡道吗,道路管理局局长无力地说,一路上有那么多上坡道。

哎呀,全是一样的废话,苏纳舅舅说,也不是没带一定的沉思。

[黄色笔记本Ⅲ:30]

全是一样的废话。通过入小学、初中、高中、师范，人一点一点穿过，进入更精致的语言，也是更抽象的。人学习它，实在过于热切。在高中，可以看出来自底层家庭和来自中产家庭的孩子的区别。来自底层家庭的孩子说一种更粗糙、摆脱了幻象的语言。我自己当教师后也有同样体验。

一个贫民区视点，在那里，所有行为的动机都变得坚硬、自我、愤世嫉俗。

中产阶级的语言：所有语言中最不可靠的一种。它构筑于想抵达社会等级上层，必须表现得似乎已居于上层的认识。它在整个系统里制造出一种特别的不安全性。你明白字词的意思，可还是并不明白。

比如几个月以来，我"怕得要死"。换了另一种语言，叫作：我感受到死亡恐惧。死亡恐惧赋予对象一个完全不同的层面，似乎说"死亡恐惧"而不是"怕得要死"有一种更高的领悟。

我看不到这一更高层面的存在。

没有什么像最近几个月这样清楚地向我显示,社会有一种潜意识。也许是因为恐惧,让我自由于所有那些我曾学过的、用来保护我对应这潜意识的语言。我开始用男孩年龄段的可怕的清澈来看,那骇人的清澈。

社会的潜意识。在实验室被缓慢折磨致死的实验动物,管子连上了它们脖子上的血管和胃,癌细胞通过又长又细的针被植入活着的狗的肝脏。韦斯特罗斯的大桥那儿的神经科门诊,那里的休息室走廊里,那些瘦削、颤动的酒精中毒者。

某个可怕的代价一直在支付。可是,付给谁?为了什么?是什么支付了我的存在,直到今日?

……

眼下,那么多的雪已不见,以至那些潮湿的石头和那些已腐烂的去年的叶子开始变得随处可见。

我一直想象天国里干燥而炎热,反正不会潮湿。

天国里,不存在谎言。

[蓝色笔记本Ⅲ:5]

四个完全无痛的日子。乌菲和乔尼昨天又来这儿了。我给他们读我的惊悚故事。他们并没有如我想象的那样觉得多么厉害。他们认为，开头不错，但还需要更多动作。我们讨论了多种后续。英雄们是会凭借自己的力量走到塔那儿去，并且摧毁那个制造了疼痛的超音管风琴呢，还是说他们必须以某种方式得到外援？

他们应该试着包围那座塔吗？是否得有个人牺牲自己以转移注意力？拿蜡堵住耳朵能回避那导致疼痛的声音吗？

乌菲的整个额头上都缠着绷带。他让冰球棒打着了一边的眉头。

他们带了取火镜，并且在我的台阶上坐了很久，试图用它点燃鞋带。但春阳依然还是太弱。

他们让我非常开心,也实在分散了我的注意力,这些小家伙。不知何故,他们是那么不言自明。

[黄色笔记本Ⅲ:31]

某件我几乎不敢说,怕自己一说出口又会让它不实的事正在发生。

病痛消失于十二天前。我常觉得自己有些虚弱、有些头晕,不过,那也完全可以是通常的春困。我开车到店里去了四趟,也购物了。

那么,也许实际上没有那么糟糕?一块肾结石?肾结碎石通过了?症状其实和肾结石很像。

顺便说一句,肾结石痛被指属于最高级别疼痛。比分娩痛更厉害,一期旧《科学美国》这么写。

在开始希望之前,我已决定再等上一周。

[黄色笔记本Ⅲ:32]

当我自己很小,或也在这个年龄时:体操房奇怪而有些被关闭了的汗味儿,一直跑到了天花板底下,肋木;想做事却没有足够力量的感觉;同时是男人和男孩的感觉。整个前青春期课堂上近乎呆板的半睡,一个人如何坐在凳子上拿自己的手指玩奇怪的游戏,试图用多种方法交织它们,好似坐在自己的大脑上并且编织:试图懂得这迷宫。

很长时间里,我都以为这个奇怪的半睡状态一定是来自学校的乏味,然而,也许并非如此。

我又开始体验同样的事了:那是某种克制的生命力,似乎正等待一个大的变化。

我的情形是我身后有疾病危机。

男孩时期古怪而静止的忧郁。

那么我可能要度过一个新的男孩阶段了。

[黄色笔记本Ⅲ:33]

Ⅳ．间奏曲

……

（三十三天里完全没有任何记录）

4 月 6 日。病痛消失。只是空无。

［破损的笔记本Ⅸ］

4月8日。一整天都能听到狗吠，一定是这地方的新客。声音来自南边，抱怨得厉害，而且千篇一律。它是被死死地拴住了吗？

我的问题是，虽然我不再感觉到任何疼痛，但现在另一样东西在折磨我了。我开始希望，同时又不敢希望，只担心疼痛在任何时候卷土重来。

我对此想了很多：在那封烧掉的信之后，地区医院没发来一个字。假如真是癌症，没接到我的任何询问，按理他们会重新发信，他们自然会跟踪他们的病人的。这么说，它是无关紧要的，某种炎症。横膈膜炎？

可要是他们偏巧疏忽掉了我呢？

我开始避免走到信箱那里。

[黄色笔记本 IV :1]

　　4 月 9 日。期盼几乎和别的一样难。不过,人更习惯的是期盼和惧怕,而不是正处于人所期盼或惧怕的事物当中。

　　我所学到的是:生活没什么真正的出路。

　　人只能带着聪明和狡猾延迟决定。但没有出路。这是一个完全封闭的系统,出口那儿只有死亡——而那自然根本就不是出口。

　　我是一具身体。只是一具身体。一切该做的、能做的,必须在这具身体内给做了。

[黄色笔记本Ⅳ:2]

　　我考虑过天堂,一切可能的事物。我也已开始打磨前门,门得重新上漆,颜色在冬天里掉落,鳞片一样挂着。我在一只橱柜里意外发现三罐油漆,一定是六十年代初就在那儿了,自我结婚后。

　　天堂招待有趣问题。什么是一个无限延伸的幸福状态?

　　人会自然地想起高潮。一个高潮,一个以不停止而突然让你吃惊的巨大的、幸福的高潮。它继续着,一分又一分,一小时又一小时。它是那么强大,那么炽热,以至于人没法思考,只感觉某件巨大的事即将发生,人开始向往一个小小的、小小的喘息,只要十分之一秒那么一丁点,就可以反思;但这巨大的享乐兀自继续,它不让自己被说服,它继续,一小时又一小时……

　　天堂?那里的一切我刚体验过。

　　天堂一定包含疼痛的停止。然而,这自然就意味着,只要我们没有疼痛,那我们就是活在天堂! 而我们没意识到这一点!

幸福的和不幸的活在同一世界,而他们看不见这个!

我有种感觉,在过去几个月里,我好像于美妙而神奇的迷宫中,走过了自己的一生,如今恰好回到旅行的起点。只是,因为我曾走到正常层面外,不知怎的,右和左倒置了。我的右手如今成了左手,左手成了右手。

回到同样的世界,看它是快乐的世界。

门上脱落的油漆碎片属于一个充满神秘的艺术品。

[黄色笔记本Ⅳ:3]

我本该把时间用好，而不是作为西沃拉小学的老师坐等光阴流逝，而后又坐在这里，一个自愿提早退休的养蜂人。

根据难度排列的艺术形式一览表

1. 性爱

2. 音乐

3. 诗歌

4. 戏剧

5. 烟花艺术

6. 哲学

7. 冲浪

8. 小说艺术

9. 玻璃绘画

10. 网球

11. 水彩画

12. 油画

13. 修辞学

14. 烹饪艺术

15. 建筑

16. 壁球

17. 举重

18. 政治

19. 高空秋千

20. 高空跳伞

21. 登山

22. 雕塑

23. 自行车特技

24. 杂耍

25. 格言艺术

26. 喷泉建造术

27. 击剑术

28. 炮术

有一个我没法放进去：忍受痛苦的艺术。因为至今为止，没人能将疼痛转为艺术。就是说,我们要处理的这一独特艺术形式难度那么高,以至并没有一个能人存在。

[蓝色笔记本Ⅳ:1]

一个世界, 那里为真理所控制

在毕宿的第 13 个恒星系的第三颗行星上, 有一个文明可直接指向现实, 而不需要什么象征性连接。

想法是, 比如一张纸上的图形可代表它自身以外的别的。这一点对于代表这一星球最高文明程度的那些特别强有力而多关节的蜈蚣来说, 是完全陌生的。

它们强大是因为它们的细微幸福。因为它们知道的事物唯一的象征是一个事物本身必须丢掉好多东西。在这个行星上, "一个有力的修辞" 这一表达真的很有意味。

假如有人想表达, 比如说 "一颗被太阳温暖的石头", 只有一种办法, 就是将一块温热的石头放在手里, 或更确切地说, 在与之对话的那个人的爪子里。

假如要说 "山顶上的一块大石头", 只有一种方式能表达这句话, 就是拉下山顶上的一块巨石。

在这样的前提下, 作诗成了一种力量测试, 以英雄式的简洁性, 持续存在了一代又一代。

这个文明所创造的多数十四行诗,看起来都有史前巨石阵的风格:庞大而庄重的一排石头,好像史前英雄们在长叹,喘息,带着隆起的血管,根据古老的时间表坐在那儿。

在这一文明里,谎言自然完全不可能存在。假如想对谁说"我爱你",只有一种可能性,就是这么做。假如想说"我不爱你",也只有一种可能,就是不那么做。假如能够的话。

在一个象征始终和事物吻合,因此绝不会被什么小小的可笑的声音或一张纸片上一系列古怪的小符号代替的世界里,符号严格地说来和其他无关,除了在我们脆弱而偶然的社交谈话里:当然,真理与意义,谎言和废话同时发生。

这样的世界里所存在的谎言的唯一替代品,自然是说得那么含糊,那么荒谬,以至人们无法理解。

这个星球上通常的谈话和闲聊是按这一方式进行的,居民从一只随身携带的皮袋里抽出各种各样的小东西:玻璃球,小小的各色石头,打磨得漂亮的小木枝,彼此交换。

真理的代价昂贵。

在银河系的古老中心——太阳——周围的高度发展的文明里,没有哪一个像这一个这样,生活得这么闭塞。

天文学当然是不可想象的。不用谈论星系,假如不得不移动它们,以便给它们命名。甚至"行星"这一概念本身,也变得当然是完全不可思议的了。

这些生物生活在一个红红的平原上，被高山环绕。

这平原本身，理论上和"世界"一样，它们自然没有概念。

［蓝色笔记本Ⅳ:4］

当十四天前疼痛停止,一种原初的天堂为我重新建立。

但先决条件是疼痛。这是真理的一种形式。

也就是苏纳舅舅的"全是一样的废话"的反面。

如今,又可构建某种价值了。

[蓝色笔记本IV:8]

一切顺利。亲戚们在星期二来了,带来的孩子比我害怕的还要多,填满整个房子,每一块地板上都是睡袋、毯子以及临时物品。

他们认为我看起来脸色有些苍白,女人们察觉房子有些欠打扫,好多咖啡杯底有挺难清除的咖啡渍。不过,一切顺利。

没人察觉到什么特别的。

他们停留得比我所怕的还短了一天。我可能是有一种孩子气的恐惧,怕因为他们来,会再疼起来。

唯一发生了的是,我有点疲劳。

我注意到,我不再愿意自己的习惯被打乱。比如星期三,两个男孩来了,在门厅张望了一下,吃惊于小屋里所有的谈话。我看见他们害羞地消失在栅栏下。

而我还不曾写出他们的惊悚故事的新篇章。

在下一章节,自然是打算让那个借超声制造疼痛的可怕的管风琴给炸到空中。得揭示那管笛子有特别神奇的特质。它处于能弹奏一切的状态。

现在可稍做休息。我希望他们再来。他们自然可以说是我的文学公众，我唯一的。

我一直对孟戈达的反应有点好奇，可又不敢像我其实想问的那样问那么多问题。

他们认为我是个完全正常的亲戚吗，可以在前往赛伦的途中在我家过一夜，以免在昂贵的宾馆费钱？或者他们认为关心我是他们的职责吗？这让我惊觉，果真在乎周围世界怎么看我已是很久以前的事了。

我能发现的唯一的真正不合群，可以说是我把自己置于那些通常的要求标准之外。我活着而没有任何收入，这很容易，因为我也没什么开销。

扬和我谈到一些老相识。我们谈起特洛安。扬当然是认识特洛安的，因为他在韦斯特罗斯省政府里处理过类似事务。1973年秋，北部西曼兰省所有的白血病丑闻，以及特别环境问题委员会。

孟戈达和我都不知道他如今在做什么。一年前，有流言说他加入了巴卡洛的圣十字兄弟会。在特洛安的情境下，那是一定会出现的传闻。我难以想象，他会是个严格的禁欲组织成员。和我其实始终相当禁欲的天性相反,他一直有很感性的气质。

这一点,比如说,从他学生阶段和姑娘们的关系上就能察觉。

孟戈达和我所讨论的其实更有趣。我们讨论了这一类官僚——当然是说假如他们足够感性——早晚会垮,很简单,因为他们吸着、啜着实在太多的社会内在冲突,使之进入自己体内。

并不总需要选择特洛安那么极端的表现,事实上,在整个事件最后,当他和首相一起被著名电视晚新闻节目"当前"采访时,他真的吐出了所有冲突。

有时可以从他们的眼里看到这个,就像是忧虑。它击穿,像一个胃溃疡,一阵突然的疲惫,一场离婚,但它能击穿一个人。它没法和过强的内在张力共存,而这些人将所有社会冲突吸入体内,因为他们试图同时在两个语言平台上生存。

他们离开后,我突然觉得,孟戈达在所有人里偏巧提到这一个是多么有趣。他其实是在国家劳动市场委员会里的。

希望他们在赛伦一切顺利。

特洛安:似乎这样的事绝不可能发生在我身上,因为,我整个的成人生活都有一个那么清楚的置身于外的感觉。我在根本上是不合群的,虽然我交税。自从老年人退休金论争以来,我都没参加过一次公共选举。

甚至我对疾病的反应,也自然是不合群的。

[黄色笔记本 Ⅳ:12]

M 有一种滑稽的性格：她喜欢就一些小事撒谎。从没有大的欺骗——要是真想，多年来，我一直处于能在大事上蒙住她的位置。她只在小事上撒谎。

她可能会说，自己跑到加姆勒比购物了，其实是去了法格什塔。可能她说自己孤独地织了一晚上的布，其实明显能看出，她给草莓田除了草。

我对此绞尽脑汁，直到得出这么个结论，其实非常简单：通过这些小谎，她制造了一个自由领域。

虽说这里头没什么实际意味，但这么做自然让我感到不安，因为不知她到底去了哪家店；这么做给了她一点控制了我的感觉。如此形成一个她能独断的领域。

这事儿显示出的并非她有什么糟糕性格，而只是我在不自觉中一定和她保持了一段可怕的距离。

是什么让我不愿和人有关联？

因为我不希望让他们以某种方式控制我。可他们无论如何还是会控制我！税务局、公民登记处，没错，不过更厉害的是锁在我自己体内的激情，因为在那里，其他的已开始了。

比如说色情的不安（自从胃痛消失，如今这不安在逐渐返回），这单调而含混不清的饥饿，这种在我们生命的每一个醒着或睡着的瞬间，追逐着我们的，某样东西缺失了的感觉。

它是什么？我们体内爱的可能。是在场，另一个人可能的在场。

这羞辱而持续的提醒："孤独"是不可能的事，一个所谓"孤独的人"不会存在。

"我"这个字眼是语言中最无意义的字眼，语言里的空白点。

（就像中心点始终必须是空的。）

[黄色笔记本Ⅳ:14]

我决定了不给 M 电话。换言之,我花了两个月才做出这一决定! 我真是开始变得有点迟缓了。

［黄色笔记本Ⅳ:21］

我认为灵魂是球形的(假如真有什么形状的话)。一只球,有一道微弱的光线穿进去一点,就在那彩虹般闪耀的表面下,那里,翻滚着肥皂泡的感性和意识像旋涡一样旋转,并持续变换颜色,但只一小点。

深处只有微弱的光线痕迹,差不多像在大海深处,其后是黑暗。黑暗,黑暗。

但不是威胁的黑暗。是一份母亲般的黑暗。

[蓝色笔记本Ⅳ:9]

近来,我重复地做一个奇怪的梦。是关于蜂箱里的一个。我打开盖子,开始刷框架,好取出蜂蜜。就在我要把框架边的一只蜜蜂刷开时,我发现它看起来古怪,似乎发着蓝光。起初我一点也不明白是怎么回事,接着,我凑近了细看,发现没有一只"蜜蜂"是蜜蜂。

它们完全是另一族类,某种富有智慧、技术特别先进、来自遥远太空、来自某个遥远星系的生物。它们只不过占领了蜂箱,上帝知道那些通常的蜜蜂出了什么事,不过,这些家伙看来也很习惯生活在某个蜡质蜂房里。

它们和我交谈,没一丝困难,我根本不明白是怎么做到的。它们来自一个智慧昆虫文明。

它们的整个星球被一颗爆炸的超新星毁了,它们没宇宙飞船,却可在需要时用自己的身体、以光速飞行。不过,在地球大气里,它们没法这么做,因为那会生成太大的热能。

它们发光的盔甲像骑士盔甲一样闪亮。

它们说些什么？

我们重新开始，我们绝不放弃。

［蓝色笔记本Ⅳ：10］

Ⅴ. 当上帝苏醒

　　像一只小蜘蛛在它编织的蛛网一角打盹,上帝在宇宙的一个偏远角落,沉睡了足有两千万年。

　　那是个星系稀疏的区域。没有什么打扰她。她像一只巨大的水母在那里徘徊,直径为十三秒差距,水母伞的透明表面下始终变化着粉、绿和深蓝的色调,看起来无与伦比。

　　朝着周围这无底的宇宙,向所有方向延展,距离都需要以光年计,这给予她某种新鲜活力。没什么实际之物存在于那里,旅行者依然能感到她的在场,差不多就像你在一个阳光明媚的夏日,从内陆而来,接近海岸时,或者当你无忧无虑地走在新鲜的春雨里,让雨水冲刷在脸上时所感到的那样。她给空空的空间一份新奇的感觉:清新感、新绿感,没错,坠入情网之感。

　　然而,在那两千万年里,没一个旅行者到达这偏远的区域。这地方,不仅远在我们的光学地平线之下,也远在电波地平线之下。

这美妙而独特的存在,比宇宙还古老,对时间和空间都陌生;这就是说,它比任何造物都古老又都年轻,比整个宇宙还大,又比最微小的基本粒子还小,两千万年的睡眠比睡眠短促。瞬间的缺席,就像一名汽车驾驶员在某一刻把眼光从道路投向别处,好在心里想点什么。

*

当这最高存在再次将她的注意力投向世界时,所有的感知还是一样。那个最靠近的星系里,来自几个阶段性无线电源的沉重搏动的噪音给无边而多样的、更精致的感觉设立了背景。太阳柔和的能量转换进进出出,像年轻的白杨树叶片间的风,像黑暗中的码头下沉闷撞击的波浪;在遥远的方向,能听见冲撞的超新星里重力的崩塌。

其中频率最上端的声音,近似于数千蟋蟀和蚱蜢在草地上的嗡鸣,那是来自所有被居住的世界的思想。

在所有这些声音里有一个音调,一个非常遥远、非常微弱的音调。起初,她甚至根本没察觉。然而,尽管弱小,这音调那么具有穿透力,一旦发现,它便俘获了她的注意力。瞬息之前它还不存在。它是那么悲怆,追赶出某种战栗,用人类的词汇描述,可以说是穿过那巨大躯体的慈母般的焦虑。

上帝注意到了人类的祈祷。

花了三天,人类才察觉即将发生什么。

第一个察觉变化的是坦桑尼亚南部丛林区一名十五岁的游击队战士。他和他的队伍饥饿、脱水,人人腿上有长长的脓痂。就在他们试图躲在被毫无怜悯的正午日光淹没的草原上,那一片孤零零树丛的绿荫下时,被一架直升机定位了。

这男孩躺在一只弹药箱边颤抖,看着直升机迫近自己。枪口的火焰已看得见。下一个瞬间,他就会死。他在基督徒的传教活动里被养育。这会儿,当他看见直升机迫近,听见它低沉的嗒嗒声,旋转翼的噪音被自动武器更尖锐的声音淹没,他唇边滑过一个想法:

上帝,摧毁他们!

那道将直升机和机组变成被风吹进一团云里的高度电离粒子集团的白色闪光,在天际还看得见。

已飞来的第二驾直升机带着一声轰鸣在几公里外猛然坠毁。被重创的机组人员因为巨大光亮,已然失明,无助地在自己周围摸索。

上帝,让这一切什么时候结束了吧,一位癌症病人在一家
医院这么祈祷。吗啡的作用消磨殆尽,而他右腹部腰上方那
白热的搏动的疼痛就要回归,感觉每一次搏动,都疼得越发
强烈。

就在这一瞬间,疼痛停止,被某种似乎震耳欲聋的沉默取
代。在他的胃部,他只感觉到微痛,似乎某种硬物压过他又移
开,他又可以正常呼吸了。五分钟后,他带着万分的小心,试
着抬了抬他的腿。

又过了五分钟,他发疯一般按警铃。当夜班护士姗姗来
迟地出现在门口,他已带着害羞的微笑站在屋子中间了。

哦,上帝,创造一种永久的和平。奥博的大主教以此结束
了一场晨间广播弥撒。他用一种深重的严肃语气说了这番
话,他真心认可自己说的每一个字。

假如他早了十分之一秒做这番祈祷,他会是一个普通主
教,即便也是大主教。

可因为他正巧在那一瞬间说了这番话,他将成为世界史
上的重要人物,是的,事实上是世界史上最伟大的人物。

奥博的大主教吐出"和平"这个字眼的最后一个字母的十分之三秒后,蒙古巨大山脉中一个大型地下火箭暗堡的控制人员,发现控制多弹头导弹使用的巧妙工具——它们能同时在六个不同城市丢下六颗氢弹——显示为零。这引起了绝望、警报和紧急行动。一个专家团队在六小时艰苦工作后得出结论,什么也补救不了。八米长的导弹,在深深的暗堡,从头到尾都由特别重的、美妙地闪亮的 24K 金构成。柔软、可弯曲、固体的金子。

又耽搁了一天,全世界才发现这和地球上所有可裂变的东西相关,但不仅仅是所有可裂变物质。每一件武器,每一枚导弹,直至博物馆里铁器时代的刀剑,都在同一瞬间变成了金子。

第二天晚上六点,美国国家安全部门的三名被注射了大剂量精神镇静剂的成员,转移到了一间私人心理诊所。其他成员从五角大楼高层的一扇窗口注视了他们的离去。他们有一种不再想看见或听见的人们会有的空洞眼神。

在四十八小时内,那巨大的股市危机中的第一场危机,首先引起货币市场的瓦解,而后基本引起了所有经济关系和责任的瓦解,已在十小时前撼动了世界股市。

首先,金价暴跌。接近中午时分,吨价已跌落成了 1934 年煤价的水平。

同时发生的美元兑换混乱,在下午一点,将美元价格推到
12 340 盎司金。接下来的半小时,由于一个未经证实的传言,
挪威克朗兑换出现一阵恐慌,二十五分钟后挪威克朗价格上
升到昨日的一万倍。

在两点的"今日回声"节目的特别播送里,挪威国家银行
主席用悲伤的声调宣布,国家银行倒闭了。

这个电视节目观众寥寥。因为这时,挪威的公民其实正
忙于个人对这一巨款的发现,对国家银行的倒闭,他们已无动
于衷。

数千年来,有些人的祈祷非常精确,非常明白;其他人的
祈祷则非常模糊,那么含混,他们几乎只会在自己的梦里明确
表达。

在西曼兰省北部,恩厄尔斯贝里和欧姆班宁之间,一位退
休的锯木厂工人坐在自己房子里, 心神恍惚地翻看昨天的《西
曼兰省报》。他处于半睡边缘,眼睛已对着光眯了起来。苍蝇
在屋里嗡嗡转。

一声谨慎的叩门声把他惊醒。

他睁开眼,喊出一声低弱的"请进"。接着,他看见六个完

美地穿着燕尾服的侍者,拎进一只只巨大的篮子,显然有刚煮好的莳萝龙虾,跟拖拉机车轮一般大的葛缕子奶酪,还有一箱又一箱冰凉的烈酒。他泰然接受。可想而知,他其实睡着了。

第一声钹和那小笛子的声响让他再次惊醒。侍者们已经消失。

那五个女舞者中的第一个,穿着一件闪光的蓝色透明衣衫,开始舞蹈。她奇妙的、抖动的肚脐,在一副挂在小而坚挺的乳房间沉重的首饰下运动,她泛出一个无限诱惑的笑。

迈着坚定的脚步,锯木厂工人走到门边,锁上门。返回时,他留意到左膝的风湿病完全没了踪影。

*

在这一时刻,世界上数十亿人有了同样发现。那个开始令人吃惊地听见他们的祷告的上帝似乎缺少道德抑制力,也没有高雅举止的迹象。能在瞬间将巨型弹道导弹转换成坚固金子的力量,也乐于将一个年迈的上校军官满脸皱褶的妻子变成年轻的金发美人,或将社会福利部设在斯德哥尔摩野苹果树山路的育儿所用施特劳斯的华尔兹和砰砰打开的香槟塞形成的飓风淹没。

整个世界因为显然不可计数又敏捷的仆人军团而拥挤,这些人立刻具象化,以便提供每一个人内心所求。第二天,欧洲街头的拥挤、乱舞及公然交合实在难以描述。零星而模糊的来自临近大洲的电台报道显示,类似情形在那里也已发生。

见证教堂,或者准确地说,许多教堂的倒塌,令人迷醉。第三天中午,几乎就在国王陛下宣布所有政党不愿承担政府预算的同时,莫斯科和华盛顿报道,所有官方行动停止;共产党宣布计划中的乌托邦阶段发端;期待多日的主教大会牧函到了。

这是个小心构想的艺术杰作。起始部分,它表明上帝的道路和自然的深度都不能预测,没人能规定那万能主的该使用什么方式行动。

它进一步暗示,世上还有一个恶魔之力。对一个真正的基督徒来说,在他自己和他的意识间始终有一个问题:做什么祈祷会与上帝的意愿协调一致。

同时,如今开始走进历史的这个新纪元提供了上帝的仁慈与万能的压倒性证明,而主教大会如果不指出这些新的情况,不指出这些新诱惑无疑不可永续,也会给所有虔诚的基督徒带来相应的后果。那会是一个疏忽。

也就是说,在这被大变革影响的时代,主教大会不得不劝告信徒于祈祷中有进一步的节制。

这些话语在落下的瞬间就摔死在了地上。

史上第一次，人类开始熟悉一种新的慷慨，那无边的好意，那完全的慵懒。没错，给所有被创造之物的，唯有造物主这至高存在能怀有的虚无主义的爱。

也可用完全不同的方式表述：

数千年里被古怪和不幸的误解折磨，头顶悬着一个苛刻而最亲近的恶毒父亲角色的人类，于短短几天内，意识到了自己的错。

不过，取而代之，他们有了一个母亲。

当存在于每一个瞬间愈发迅捷地开始远离语言定义的世界，抵达一个不再有什么字词存在的王国，**语言的死亡**就开始了。

那最后的语言片段里带有这样的讯息：

假如上帝活着，一切皆可允许。

[蓝色笔记本 V：1]

VI. 来自天堂的记忆

白桦林。沼泽地。新叶就要冒出的最初信号。多么可怕地快啊,这冬天走得! 我并不确定我已需要春季。我还没准备好。孤独在我内心生长,像是堆肥。那些最奇怪的植物长出来了。怀疑。

而每天早晨我都一样地害怕疼痛会卷土重来。整个冬天我都受着疼痛之苦。如今,我正因畏惧疼痛受着同等折磨。我仔细地注意自己: 我变得更虚弱了吗? 走路对我而言越发勉强了吗? 比之先前,到杂货店去让我更疲劳了吗? 我避免开车,不是想省汽油,而更是想让自己受到检测。这意味着整个上午的时间损失,可我确实不太明白,不这样我又如何打发时光。

人类,这徘徊在动物和希望间的奇怪动物。

对于宇宙的意义,对于分子、分子链、意识、十四行诗、舍曲林、地下原子弹箱、米开朗琪罗的壁画、二项式定理、蒙特威尔第的牧歌,这所有的一切以什么为目的,到底会发生什么,我自己其实不比这外头空地上、蜂箱后一块苔藓覆盖的随心所欲的古老石头知道得更多。不比一只蚊子所知道的更多。不比一条汇集迟滞之水的小坑里的阿米巴所知道的更多。

人类历史还没那么长久,其实还处于非常早的时期。

*

对于发疯的恐惧是害怕成为某个别的人的深层恐惧:可我们一直都变成那样。

那些没能杀死我的,使我更强大。

[尼采]

沼泽地。白桦树。款冬在水沟边开花。多数蜂箱都复苏了。我的朋友,1952 年 9 月的一天,在午餐休息时间骑自行车回家时被卡车压死的尼奇,每当见到什么不寻常的、真让我感兴趣的,我常想起他来。我好奇,尼奇会对这一切说些什么。"我现在是在替你看,尼奇。"这是一份特别强烈的体验。人在很大程度上对那些了解的人有认同感。

关于五十年代,我是如何记忆它的呢?小小的蓝色轨道车穿行在斯德哥尔摩。赫伯特·廷斯滕在电视上讲话。从未让我特别投入的养老金问题的公投。有关左行还是右行交通的公投,这一公投显示,人人都想保持左行交通。

在五十年代,姑娘们是怎么穿着的?她们不是有过一种系宽腰带、长长地拖到小腿下的棉布连衣裙吗?她们不是用另一种方式说话的吗?我记不太清了。

作为男孩,甚至高中生,我们都常在夏天坐在费曼斯博水闸那儿钓鱼。那懒散、粗悍,不对,不是粗悍,而是忧郁的煤溪河,在那里形成一道小瀑布。那里有座小岛,岛上有几座残存的冶炼炉,那地方从前往往长着好多羊肚菌。

岛的南端便是费曼斯博水闸。一条小径让高高的树木投下绿荫,也将整个地方变成通往水闸的绿色隧道,古老的水藻在运河边的石上移动。

而在下边水闸那儿,水势险峻,颜色是煤一样的黑——煤溪河有这名字并非偶然——站在黑色旋涡里的高高潮水边,总让我们男孩着迷。

早在五月,我们就常在那水边消磨整个下午,那时白斑狗鱼最活跃。我们这几个人,有的是父母有夏屋在此,有的就是本地居民的孩子。

不时地,我们自然也钓得着鱼。戏剧性的插曲是,大白斑狗鱼扯坏整个闪着金光的鱼钩,嘴里咬着鱼钩消失。大白斑狗鱼跟一条蛇一样一直跑到草里,而我们中的这个或那个会从潮湿的石头上滑下来,摔到黑色的永远冰凉的水里。

但我不认为钓鱼是水闸边最重要的记忆。

这黑色的流动的水是我们自己瞳孔里的黑色那阴暗的亲戚。

我们通常坐着,看水,彼此谈论奇怪的话题。

自行车在某个灌木丛里彼此躺成一堆,走过水闸看管员的小屋总是棘手的。水闸看管员是个年长的男人,他不太理解一群男孩为何跑到底下水闸边去。他总担心男孩们会拨弄闸门并改变水位。这对他可不是什么愉快的事,因为这意味着,要是某个本该关闭的闸门给打开了,他必须多走半公里。

(顺便说一句,自行车在那一时期为我们扮演了重要角色,它们就好比宠物。)

尼奇是个特别有趣的男孩。他有松鼠的特征。他总是完全清醒的。我有个印象,很简单,他比别人看见得更多,他比别人听见得也更清楚。是他发现人可以在岸边、于日落时听见水獭的声音,一种特别微弱,一直都在,而我们中没有一个人注意到的声音。

一个小小的、瘦削的、晒黑了的、精力特别旺盛的男孩,他能爬到最高的松树上,只需将膝盖抵住树皮,移动手臂往上爬去。我不认为他知道眩晕是怎么回事。有一次他吞下一只活的小欧白鱼,只为证明可以这么做。

他对于证明"有些事虽说没人认为可能,其实却做得到"特别感兴趣。假如他生活在十五世纪,也不会被卡车碾过,假以时日,他一定会发现某个新大陆。

他正是我所说的一个对雷雨天敏感的人,他甚至能在人们看见天上有一片云之前几小时就知道雷雨将至。雷电并不让他担心,也不会让他像其他人那样瞌睡。我有种感觉,雷电单纯让他振奋,几乎将他置于狂喜。

当冰雹抽打着闸室,以致黑水里的涡流消失在唯一的泡沫里,我们的钓竿和蠕虫罐冷清地躺着,而我们自己屏息畏缩在一只荒废的铁匠铺里,和废铁、极北蝰以及荨麻在一起时,能看见他在外头、在倾盆大雨里舞来舞去,像一个小小的苦行僧。他往往半裸着,因为他带着湿衣服回家的话,会被母亲鞭打。

我只要闭上眼睛,就还能看见他,一个小小的野蛮的苦行僧,狂喜地在外头舞蹈,在冰雹雨中,在因为雨水而闪亮的那些粗糙如斧削的十八世纪的石头上,在外头的费曼斯博水闸边。

好像雷雨是他的父亲。

一个小人儿,被包围在他自己的秘密里。

我时常严肃地考虑,他原本会成为什么。他父亲那样的锯木厂工人?莫宁顿岛的发现者?可那时还有什么是有待发现的?

他总给人一种印象,他属于某个完全特别的族类。

我们其他人则都属于另一个。

要是我环顾生命旅程中认识的人们:老师,朋友,姑娘,偶然相识的熟人,忠实的老同志,亲戚,我终于明白,其实,没有一个人,我是说没有一个人是我真正懂得的,甚至我的前妻、我的情人也包含在内。

你遇到一个新的人,一个让你觉得有趣的人。你尝试所谓的"安置"她。(我甚至也试图对电视上播报新闻的先生和女士这么做。)

在自己有关面孔的记忆里,你搜寻和这人看起来相似的。眼帘的缓慢移动和有一次在生物学协会见到的一个演讲者相似,嘴角和一个五十年代乌普萨拉的化学副教授一样。简而言之:你从这里找到一个声调,从那里找到一个脸部表情。你自以为懂得了。

你用已知的帮助捡起那未知的。原则上,分析室(那地方叫什么来着,我从没去过)内的心理分析师做的是同一件事:他会捡起经验和记忆,找到打开他碰到的这个新的陌生人的钥匙。

但捡起的,我们会丢回去;我们摇晃着的作为钥匙的、那曾见过的脸孔,其实由一样多的陌生组成。我们用谜语来解释谜语。

这就好比他妈的得去买第二张省报,以检查一则通告,一则你在自家那份报纸上读到时无法相信的通告。

每个人的内心深处都有一团黑夜一样的谜。瞳仁的黑不是别的,而是没有星星的夜;眼睛深处的黑不是别的,而是宇宙自己的暗。

只有作为谜语,人类才足够大,足够清楚。只有神秘的人类学给她正义。

像鱼一样游泳和潜水的,自然是典型的尼奇。他潜到水底那个深深的闸室底部,放开那里已被废铁缠了三百年的钩子。他牢牢抓住旧树根和电线,他的发从头部往外散开,如同水草,那瘦削的身体躺得和水流平行,他看起来像是以极快速度飞行的人,像一个天使,只有借助保持停留才能拜访通常的现实。

他头上的水面是一片遥远闪亮着的天花板。水闸里巨大体量的水一直引起闸门处那庞大的涂焦油的橡木柱微弱的颠簸和沉降,像来自偏远又巨大的钟的摇摆一样传递到他那里。同伴们的声音消失了。他全然无惧。长长的水藻在深深的下边、有着被抛弃的石头的底部,就和女人长长的头发一样。

同伴们的脸,小而窄的椭圆,充满祈祷地靠在水塘边缘,而他看不见。他不知走着的是一段怎样的时间。当他再次浮出水面,也许他们已离开,也许那已是一个全新时代。

他在浮游。他迅速移动。他想:我要坚持。小心翼翼地,他松开一只手,想看看另一只胳膊是否足以支撑自己,但他感觉水流太强,将他往闪烁如银色的正方形孔口——远在目前他所在的绿色空间后头的闸门方向拉。

就在这一刻,他发现了自己潜水的诱饵勺。或者更准确地说,某个可能是诱饵勺的东西。

它在他身下约一米处的泥沙里,像金子一般闪光。

瞬间,他脑海里闪过一个念头,那些长长的波动的水藻是煤溪河女儿的头发,她守卫着这闪亮的珍宝。

他觉得获取诱饵勺又不会无助地被水流卷向闸门(那很危险,因为没法通过那里,反而会被缠住并且淹死)的唯一的办法是,必须慢慢将腿转向外头,试着用右脚趾抓住那闪光的东西,不管它是什么。

他一朝外转,水流就抓住了他。每一次他试图摸索到那闪着金光的斑点,那个可能的诱饵勺,他的脚趾便搅起一些污泥云,弄得实在看不清。他憋得肺部缺氧。

我们重新开始,我们绝不放弃,他想。

在他的上方有整个夏天。一股轻柔的风穿过树丛。小岛另一边,一只白喉河乌悬浮在水面上方,在水涡的开阔处。远处,能听见 EPA 拖拉机的声音,是这种廉价拖拉机中的一台,由卡车车头制造。农民们在战争年代,在他们无法获得真正的拖拉机时,往往使用这个。

鸥群跟随着拖拉机的路线。

这是我们的风景,可到底还不是我们的。这是已开始的我们的生活,可它们到底还不是我们的。

我从未像那时那么明智。我明白自己有多格格不入,我知道其他人也一样格格不入。在宇宙里,没有人是在家中。

尼奇重新浮出水面时,因为缺氧,他的脸几乎是蓝色的。他勉强游到边缘,我们把他拉上来,拉到石堤边,等了至少五分钟他才能够说话。他躺在那儿,张嘴呼气,像一条小小的、十分黏糊的鱼。一股粗糙淤泥、古老石头、苍白海藻和腐烂软泥的气息包围着他。

慢慢地,我们明白了为何他浮出表面时游得那么难受,为何他自己爬上堤石会那么吃力。他的右手一直紧握成拳头,包着什么。

我们以为他快死了。在温暖的六月天的中午,他冷得发抖。

出什么事了? 我们问。

起初,他只是用打战的牙齿作答。最后,他试图说话。过了好一会,他终于说得足够清晰,能让我们听懂了。

那不是什么诱饵勺,他说,我没找到。

可你手里是什么?

他看着自己握成一团的手,似乎完全忘记那是一只拳头。

你拿着什么? 拿着什么?

事实上,我们兴奋地围着他手舞足蹈。我们很清楚,不会是诱饵勺,不然,诱饵勺早就割破他的手了。

他慢慢打开似乎已握得太久的手。他显得和我们一样好奇,手掌里究竟会有什么。

我们完全静默下来,屏住呼吸。

从费曼斯博水闸底,尼奇捡来一枚沉甸甸的金币,一枚卡尔十四世·约翰时代的金杜卡特,那是曾在那里找到的唯一一枚。

[蓝色笔记本 Ⅵ :1]

Ⅶ. 破损的笔记本

苔克拉奶奶眼里的一瞥,那古老的一瞥,和宇宙中星系间的一样的黑暗。

她于1870年出生在贝宜教区,一直活到去年。一个小小的、蹒跚的老太太,在哈尔斯塔哈玛老人院,若有人来拜访她,她会十分警觉。核桃木柜子上有一只漂亮的盛着焦糖的玻璃碗。一个充满居家气息的世界。

她生活的那一百年里,我相信,她从未发现任何质疑自己为何存在的缘由。哦,绝对是真的,她有自己的宗教,而宗教自然解释了一切。

开始(甚至也在杂货店里)迎向人们的视线。似乎视线里有特别的表述,我是说,似乎可以从那里读出某种答案。

这是基于一个古怪的念头,也许他们能看见某个我看不见的东西。

昨天,一只小蜥蜴来到后阳台,在四月的光线下温暖了自己。

它坐在那儿一动不动。我不知道是否自己弄错了,但我有个印象,它其实改变了颜色,来适应木板不同程度的银灰色。

我躺下来,近距离看它,于是我发现了那小小的,小小的眼睛。

它有另一种黑色,爬行动物们的完全醒着的、冷静的黑色。

和爬行动物的眼睛相比,哺乳动物的眼睛显得浑浊,被生活温暖的力量填充了一半。

一只爬行动物用冷静的凝视直接看进黑暗。

上帝知道它看见了什么。某个——别的?

〔蓝色笔记本Ⅶ:12 （最后的记录）〕

……从夜里三点开始,从这一旧时刻,越来越密集地,分叉朝着大腿和隔膜散开去。先是原先的寻常程度,然后上升到白热。

我明白先前获得的只是个休憩。

或许奇怪的是,我以为自己把这段时间用得不错。

[破损的笔记本Ⅱ:1]

救护车 90000。

中央病院 137100(总机)。

[破损的笔记本Ⅱ:2]

　　带着一种固执的纠缠不休, 吐掉了一切。甚至蜂蜜水。
却是极小口地在吐。发烧。

　　到邮箱的步行——好比极地探险。

[破损的笔记本Ⅱ:3]

　　把狗丢在了斯克瑞瓦农庄的欧尔松家。简短而古怪的告别。它得到半块奶酪作为告别礼物,尽管如此,还是显得有点分神而不感兴趣。它把奶酪从房间这一角拽到另一角,忧心忡忡,呜咽着。它会得到好的照顾。

[破损的笔记本Ⅱ:4]

晚安，女士们。三天没在，可现在又回来了，返回得越发频繁。

疼痛和欲望之间尴尬的类似。都消耗全部注意力，除了它，就没法看到别的，它就像一个你爱的女人。每日新闻、天气、自然的变化，甚至连焦虑也可以给赶走。这是一个由真理绝对统治着的王国。

人们开始来察看得频繁些了，他们完全坦率地说，我应该动身去医院。西曼兰省北部地区的人很实际。人们从不用西曼兰方言说"他死了"，人们说："他快死了。"他们害怕我就要"变成死的了"。

没法再看报了。我阅读，就是说，我让视线从一个字移到另一个字，可每一个字只包含疼痛。更糟的是，感觉这一切和我已不再相关。近日，他们谈论他们所谓的"情报局"的事。

他们的问题已不再是我的了。我疑惑这情报局是怎么回事。我自个儿想着一个能回答所有问题的"局"：

为何偏偏是我？

为何偏偏是我会死？

为何偏偏是我有这一疼痛？

为何偏偏是我识得这一疼痛？

为何偏偏是我

与某个了解这一疼痛的人一样？

为何……

[破损的笔记本 II :5]

　　和这些女人的问题是,她们觉得,我需要的实在太少。要是她们感觉到你需要,女人准备好了去做一切。

　　我想要的实在是太少了。我的整个一生。人们从来都不觉得,我会有什么事找他们。最后三个月让我真实。这太可怕了。

［破损的笔记本Ⅲ:1］

吐了整整一晚上。最后的四月。小臂皮肤变色。有大块的褐色斑点。

今天,我明白,整个的自杀的念头有多么荒谬。

根本就没有出路。我们完全沉浸在现实、历史以及我们自己的生物学里。想象一个人自己的死亡的可能性建筑于语言学的误解,类似于用"你"来称呼自己的可能性,或是用名字来称呼自己的可能性。

瞳孔的黑暗和星系间的黑暗相同。

[破损的笔记本Ⅲ:2]

1—8,清洗了,蜂后们状态良好。

9—11,冻死了,未清洗。

12—14,状态很好,蜂后们可能太老了,框子得修,新的蜂巢。

15—16,自 1971 年秋就空着。没有行动。

[破损的笔记本Ⅳ:1]

春天,初夏的风,丁香的气息。拍岸的短促而忧虑的波浪,欧白鱼的群落。那些干燥的芦苇发黄的小小茎干。

这样一群小白鱼静静地立着,似乎是一条身体。一只白鱼是如何能知道其他白鱼也和自己一样静静地立着的?

然后,阴影降落,一个弯下身朝向水面的人的阴影,鱼儿在闪电般迅速的反射中炸开,每一条都朝着不同方向,就同光线反射到它们上方的水面上一样快。

没有什么显示,它们曾存在于那里。

它们消失后,没人会相信,它们刚才就在那里。

[破损的笔记本 V:1]

如今发生于我的事恶心、可怕、屈辱，并且没人让我接受，或者劝说我——在某种程度上，这对我来说是好事。

这真是糟透了，被丢进一种愚蠢的盲目的疼痛，丢进呕吐，丢进充满神秘的内在的分解。不管如何解释这些，都一样地愚蠢，一样地蛮横无理。

通常的异端邪说包含否定那创造了我们的上帝的存在。一个更有趣的异端邪说是认为上帝兴许创造了我们，继而又说，根本没有什么特别的理由要让我们对此印象深刻，并且，更不必因此心存感谢。

假如有一个上帝，我们的任务是，说不。

假如有一个上帝，那么人类的任务是，做他的否定。

我们重新开始。我们永不放弃。

在这些日子，这些星期，或以最坏的打算，在可能剩下的月份里,我的任务是,说一个巨大的、清晰的**不**。

[破损的笔记本Ⅵ:1－3]

我,我,我,我……只不过四次之后,已是个无意义的字。

[破损的笔记本Ⅵ:4]

虽说已是五月的第二个星期,整个西曼兰省今天都在下雪。救护车会在四点接我。我希望路不会太滑。

人始终能够希望不至于遇到事故。人始终能够希望。

[破损的笔记本,Ⅶ:0]

西沃拉　1975

我们绝不放弃,我们重新开始

——以《养蜂人之死》为例

那些明智的树明显地常结苦果,

因它们知道让自己无用,

那些明智的人有无用的情感,

无法用于公共事务的情感。

那些终极事物内部具有目标。

像一张给扔在街头的纸片。

像最后一枚被霜冻咬伤的花楸果。

像一句有关爱情的无心快语:

被某人于十五年后想起还能对它微笑。

一切是由这样的东西组成。

秘密地,它们散发出毫无意义的美。

这是拉斯·古斯塔夫松(Lars Gustafsson,1936—2016)早年的一首诗。我总觉得,作为多产作家,他自己就是这么一棵树。他是托马斯·特朗斯特罗姆的同龄人,和特翁一起被看作当代瑞典诗人的一双瑰宝。也有人认为古斯塔夫松的诗比特翁的尤胜,甚至有传言说他差一点和特翁分享了诺贝尔文学奖。不管怎么说,带着天真与温和目光的古斯塔夫松不仅是一位诗人,更是小说和散文家、文学评论家、哲人和教授。1957年出版第一本小说,1962年出版第一本诗集。在他眼里,世界和人都是一个谜。他抱有一定的怀疑主义,却未走向虚无或厌世,他的文字有丰富的感性、锐利的理性、驰骋的想象、真实的荒诞,更重要的是有对人类的无限同情。

墙上的裂缝

古斯塔夫松自认"虚构和现实的关系"是自己的文字探索中共通的主题。哪怕一切都只是形而上的表象和自欺,人的内心仍有欲求,想获得超越现实、区别真实和隐喻的能力。借书写来解读自己体验的现实,揭示其中的特质是他的目标。

他的书写往往是以"我"这一个体为中心和工具来研究"我"所体验的时代：先照亮自己，再梳理时代中人性发展的过程。

有五部小说后来构成古斯塔夫松最出名的"墙上的裂缝"系列，借用诺贝尔文学奖得主、瑞典作家埃德温·雍松的话，古斯塔夫松把该系列称为"一个瑞典作家的兵役"。

好比身份认同游戏，系列中的五个主人公都叫拉斯，都和作家拉斯·古斯塔夫松有同样的出生年月和童年背景，是作家和他的一个又一个化身。既选择代表性人物和故事反映普遍问题，也强调私人非重复的命运。带有自传色彩的经历与五种可能的生活混合，部分写实，部分是来不及在古斯塔夫松这一具肉身上实现，却又不难想见的、合乎情理的生命轨迹，如此从不同方面折射出个人及同代人的特征。五个不同的人生，宛如墙上延展的五道方向不同、长度不等的裂缝。

个人主义者古斯塔夫松的身后是一个群体。他认为写作重在真诚对话，并尝试所有可能的对话形式对应当时的瑞典知识分子部分失语的状态，从而建立一种新辩论，以期让阳光透过墙上的罅隙照射进来。

比如第一本小说《古斯塔夫松先生本人》的讲述人"是一位与我有些相似之处的先生。但他和我的相似度与五本小说中的任何一位主人公一样微乎其微"。古斯塔夫松这么解释：

"古斯塔夫松先生"是身处 1969 年的作家和出版人，1960 年代已过期，在语言和文学的生存方式里，此人痛苦而激烈地感知其他陌生的身体和自己的身体的截然不同，自己想说的话和其他人实际说出的话之间的不同。他在社会道德沦丧的过程中突然看到自己的无用；他拒绝，那一声否定强烈得连他本人也惊讶。同时，小说提出一个问题，假如充斥着谎言，面临着绝境，这样的时代里，爱是否依然可能？"墙上的裂缝"系列，始于 1971 年，充满愤世嫉俗的模棱两可，最后，以完全的坦诚口吻于 1978 年结束。

我其实是一头驴

《养蜂人之死》是系列小说的最后一部，也是最为人称道的一部。叙事人在《序曲》里匆匆与读者告别，直接让主人公拉斯·莱纳特·维斯汀（Lars Lennart Westin），一个在 1975 年病逝的人，借生后遗留的三本笔记登场，开始断断续续却直抵结尾的独白，且一再重复："我们重新开始。我们绝不放弃。"这句话是"墙上的裂缝"系列的标签，后来也成了作家古斯塔夫松的标签。重新开始，暗合系列小说是一场"绝不放弃"的接力，暗合古斯塔夫松的倔强，正如引用于题记里的他的几句诗:"我其实是一头驴! /有着一头驴的心脏和一头驴的嘶喊! /我绝不放弃!"于是,"我们开始叙述五个故事中的第五也是最后的那一个。仿佛西曼兰省驼鹿狩猎中老迈而狡猾的嗅觉猎犬……我们捡起丢落的足迹,跟踪它,一直跟到那血腥的猎物。"

舞台是西曼兰省北部。前小学教师拉斯·莱纳特·维斯汀提前退休了。自从离婚,他就在乡下过起了半隐居生活,靠养蜂等零星收入糊口。1975年春的融雪之季,他意识到自己大概会在秋天来临前病逝。他遗留的三本笔记启用时间不早于1964年夏。内含最私密和最不私密的内容、每月开支记录、蜂箱备忘录、剪报摘录、来自读物和他自己的故事及病程记录。起初,收到医院邮来的诊断通知时,他犹豫再三决定不去打开,而是扔进壁炉。后来,即便是没有病痛的日子,他也没有放下将死的紧张和视角,体验到疾病带来的敏锐感受。笔记勾勒出养蜂人的生活轨迹和心路历程,他对社会、婚姻、生死等问题痛彻心扉的领悟——一头驴的喊叫,又不限于小我,而是覆盖了他走着人生路时穿过的时代。

谜语·潜意识·虚构·现实

醒着的生活和睡着的梦境究竟能否区分、如何区分,这是个难题。在梦里,没有谁告诉你,这是一场梦,而一场梦历来被用作一段生活的譬喻。

养蜂人去首都斯德哥尔摩开会后于冬夜散步,走到城市码头时,忽然想到自己在这里度过的童年。那是十九世纪八十年代的冷冬,一天下午,在紧靠运河边的灌木丛里,"我"发现一具冰冻的女尸,仅有一只手臂钻出冰面。这一发现掀起一阵喧嚣,城里的锯冰人来了……回想了许久,"我"猛然意识到,故乡在别处的自己从未在首都度过童年,也绝不可能在十九世纪八十年代现身于此。

这段回忆的来源由"我"做了精妙解析:"当潜意识被自己扔在那里片刻,很简单,它便编织开了。它给自己编出一个身份,让自己适应周围环境,自愿制造新形式来填充一个突现的、在我们忘记日常时形成的空洞。/潜意识不认为根本谁也不是的感觉有什么可恐怖的。/乐于尽职的狗儿在忙我的传记。"

《养蜂人之死》又何尝不是潜意识的自我编织、狗儿在忙

"我"的传记？古斯塔夫松等不及轮回,用文字飞快地将一种可能的生命内容上演。

人所体验的是谜一样的世界,谜一样的人。古斯塔夫松试图在一定程度上理解未知的宇宙、世界,甚至未知的人心。他曾说:"我们还不知道人是什么,人能做什么。无论你怎么试图表达一个人,总还是有些什么会剩下,是另一个人给剩下了。我就是为这另一个人而书写。"他写的是不易被察觉和呈现却实实在在的"人"。

养蜂人,或者就是古斯塔夫松,曾经坦言:"要是我环顾生命旅程中认识的人们: 老师,朋友,姑娘,偶然相识的熟人,忠实的老同志,亲戚,我终于明白,其实,没有一个人……是我真正懂得的,甚至我的前妻、我的情人也包含在内。"又说:"每个人的内心深处都有一团黑夜一样的谜。瞳仁的黑不是别的,而是没有星星的夜;眼睛深处的黑不是别的,而是宇宙自己的暗。"

走进乌托邦

养蜂人有过一生的最爱:一个在火车上邂逅的女医生。作为有妇之夫,"我"和这位女性云雨之后,更借助每日密集的通话熟悉了彼此的日常。"这带给我一种双重生活,和另一个生活那么近,另一个展现于另一处、完全是另一环境下的生活;也许这种双重生活正是我一直需要而不曾自觉的。"这段独白,呼应了古斯塔夫松对另一种生活的迷恋。

从无意识向往的生活更进一步,很容易就能走进一个乌托邦。在私人情爱领域,呈现出"妻子"和"最爱"一起徜徉在花园的祥和美景,虽说不过片刻:

> 她们回来了,忍俊不禁,有些兴奋,她们找到了彼此。
>
> 蜜蜂和大黄蜂嗡嗡转,底下西沃拉教堂的钟声敲响了,像我先前所言,一个实在美妙的夏日。
>
> 一个乌托邦,我想,一个现实化的乌托邦。我一直怀疑。其实,没有什么能阻挡我们活在那些常规之外。我以前从未弄明白这一点!

喜欢挑战常规的古斯塔夫松更愿幻想的自然是超出私人领域的、更大的乌托邦。

在许多意味上,瑞典的"民众之家"模式堪称社会领域的乌托邦,在这个乌托邦里,社会体系而非血脉亲情照顾了许多人从摇篮到墓地。成长于瑞典黄金时代——即二十世纪五六十年代的古斯塔夫松,却对多数瑞典人引为骄傲的这一模式不以为然。反映在小说里,就成了养蜂人和前妻与外界的格格不入:他俩以种植蔬菜对抗工业社会,过着乡间有机生活,带有浪漫的无政府主义特征,讨厌机构、城市化,讨厌浮夸的市政雕塑。

事实上"民众之家"模式在很长时间里深受多数民众,特别是穷苦百姓的欢迎,它让穷人衣食无虞,在接受教育、工作和医疗等方面有所保障。然而,长年的均贫富难逃免费乘车所带来的越发不可承担的压力。古斯塔夫松的格格不入未必正确,但他恰如一只惊觉的鸟儿,在大家还安闲享乐时,率先察觉了危机的埋伏。

养蜂人有几个让作家编派出的古怪长辈,特别是"苏纳舅舅"。像聪明的阿凡提和愚蠢的阿訇,苏纳舅舅偷用因二战时期的物资匮乏而被严令禁用的柴油,却糊弄官员说自己在车后挂着木煤气发生器。载着官员抵达目的地后,苏纳舅舅故作惊讶:"哦,上帝啊,我的木煤气发生器呢? 我们一定是弄丢了这混蛋。"道路管理局局长愕然怎么就顺利抵达了,省府秘书带着高级官员的权威和优越的知识解释,这也没什么奇怪,因为有那么多斜坡。那帮人七嘴八舌,苏纳舅舅则冷眼自语"哎呀,全是一样的废话"——这是苏纳舅舅的口头禅。如此,作家对"民众之家"里行政人员的官僚主义和不学无术进行了讥刺。

古斯塔夫松以谦逊的态度说出犀利的话语,认为瑞典社会生了病,"民众之家"模式就是一只浴缸,里头的水是凉的。他没有任何政治企图,无意也不能提出任何具体的社会建议或模型。尽管如此,他在《养蜂人之死》里切实描画了一个奇迹闪现下的时空,上帝突然听到人们的祈祷,瞬间,瘫痪的人行走如飞,武器和导弹直至博物馆里铁器时代的刀剑,都变成了黄灿灿的金子。国家银行宣告破产,个人统统暴富。世界各地都出现了因突如其来的巨大幸福造成的高度混乱。一个世界是否真可以变得更美好、更幸福呢?

借助这场"幸福的混乱",古斯塔夫松也许是想提醒:并没有完美的乌托邦。相对完美、最为他中意的乌托邦还是童年和少年的记忆与情感,那是"我"最想回归的地方:"疼痛严重起来……婚姻、职业生涯,上帝!这些消失了,像一件琐事,一则短小插曲,那些不久前还填满整个世界,有时让我带着胡思乱想在夜里醒着的一切,只成为一个重要得多的故事里的插曲,童年才是故事里那个直到如今、唯一真正强有力的篇章。"固然疼痛会"让我再度像童年那样孤独而且以自我为中心",更重要的是:"我把自己男孩时代大部分的夏日时光消磨在了森林南部拉姆奈斯铁厂附近了。/奇怪得很,可每当我需要获得慰藉,不是临时的、轻飘飘的,而是深深的慰藉,一种告诉你没什么会更好,你还是不得不觉得被慰藉了的慰藉——我就会又想起那地方。"这也就不难解释养蜂人会那么喜欢乌菲和乔尼这两个偶然相识的新友。"这些小家伙。不知何故,他们是那么不言自明。"

天堂什么样

紧挨着乌托邦的是关于天堂的想象。

"如果我们假设整个世界只是一场梦,至少总有个什么让它成了那样,无论它是否虚构——这就是思考着的'我'。"古斯塔夫松将他的五部小说做过分类,前三部"在地狱",第四部"在炼狱",最后一部"到达了天堂"。这一分类不难看出但丁的影响。天堂到底是个什么样呢? 他认为,在我们的童话故事中,天堂首先必须是真理盛行的地方,而关于人类生活唯一能肯定诉说的真理就是痛苦。

养蜂人的想法和古斯塔夫松的言说并不一一吻合,但本质相同。养蜂人觉得天堂必定干燥而炎热,他还强调那里"不存在谎言",最后顿悟"天堂一定包含疼痛的停止……这自然就意味着,只要我们没有疼痛,那我们就是活在天堂! 而我们没意识到这一点!"

只可惜,关于天堂的感受不是永恒的,正如同没有疼痛的日子不是长久的,而所有的乌托邦都是瞬时的蜃景,养蜂人习得的是:"生活没什么真正的出路。/人只能带着聪明和狡猾延迟决定。但没有出路。这是一个完全封闭的系统,出口那儿只有死亡——而那自然根本就不是出口。"

最终,因为生命的脆弱和那不可逾越的死亡,养蜂人批评上帝的创造,更走向对上帝的否定。他疾呼,人只能自救:

假如有一个上帝,我们的任务是,说不。

假如有一个上帝,那么人类的任务是,做他的否定。

我们重新开始。我们永不放弃。

在这些日子,这些星期,或以最坏的打算,在可能剩下的月份里,我的任务是,说一个巨大的、清晰的不。

给救护车打完电话,他在笔记本上写道:

虽说已是五月的第二个星期,整个西曼兰省今天都在下雪。救护车会在四点接我。我希望路不会太滑。

　　人始终能够希望不至于遇到事故。人始终能够希望。

　　在寒冬袭击,春天还远不可及时,古斯塔夫松认识到人只能自救,上帝,我们的父在我们这一生中未必有空来帮助我们,瑞典的"民众之家"也未必。其实,在预感到疾病会致命的最初,养蜂人就采取了自救的姿态:"假如这封信包含我的死亡,那么我拒绝它。"这姿态里不能全然否定恐惧,但更多的还是抵抗。因为,"自从烧掉那封可恶的信,我就把一切靠在了自己身上"。从这个意义上说,养蜂人之死是一则寓言,包括一个人对自己被指定的死亡的反抗。

我是什么,我在哪里

我无法接近也因此我在,
心不在焉,额头散布焦虑的皱纹
让我以被赋予的名字给称呼。

我猜,爱我很难。
要说我是谁,我在哪里,是那么难。

早在处女诗集里,年轻的诗人古斯塔夫松就这样表达了后来一再复述的忧郁。哲学博士古斯塔夫松不是单单有着文学气质的作家,更始终带着强烈的哲学思考,甚至认为,文学是他探讨哲学的工具。他总会想起那个不惜将自己绕住,难以看到答案的问题:"我"是什么。

早年和妻子辩论时,养蜂人认为"我"这字眼毫无意义,在日常对话中被运用,和人们说"这里"与"现在"一样:"所有的人都有权称自己是'我',与此同时,一次里只有一个人有权,就是那个那一刻说着的人。/没人能说服自己'这里'或'那里'意味着什么特别的,意味着概念后存在什么。那么,为何我们就得说服自己,我们有一个'我'呢?/它在我们的内部思考。它感觉。它说话。这就是全部。或者:是这里在想,我这么说着,同时将指头对住前额。"妻子说:"继续这么绞尽脑汁,你会疯的。"

后来,养蜂人意识到,病痛"重新给我一副躯体;青春期后,我不曾怀抱拥有一副躯体的强烈意识,我密集地存在于其中。/只是这副躯体是错误的躯体。是内里燃烧着的躯体。"

同时,疼痛赋予他一种新的生命内涵——在无痛及有痛的日子间的转换充满戏剧性:"疼痛把我拥有一具身体的事实戏剧化了,不,我是一具身体,并且,从我是一具身体这一事实,能找到一丝古怪的慰藉,几乎是获得安全感,就像一个特别孤独的人因为宠物在身边而获得安全感。"这头宠物在将近早晨时会是一头野兽,但不管怎么说,它是"我"的,"正如那是我的痛,不是别人的"。疼痛强度有时巨大,"这白热的疼痛……是衡量那些让这躯体在一起的力量的精确尺度。它是让我能存在的力量的精确尺度。死和生其实是**可怖的东西**"。古斯塔夫松看穿死生之共性,一个人们视而不见的共性——"可怖"。人都明白死是可怖的,却不愿明白生也一样。养蜂人悟到:"我是一具身体。只是一具身体。一切该做的、能做的,必须在这具身体内给做了。"笛卡尔说"我思故我在",养蜂人或者古斯塔夫松说的是:"我痛故我在。"《养蜂人之死》并非以"死亡"本身为主要议题,而着眼于"我是会死的存在"这个众所周知又时时被人在日常生活中无视的事实。

蜜蜂和蜂巢

为何设定了一个养蜂人呢?养蜂固然是瑞典乡间并不少见的行为,蜜蜂社群实在更是一个显而易见的象征。古斯塔夫松笔下的养蜂人有如下观察:

人对一只死去的蜜蜂完全无动于衷，人不过将它扫开。

奇异的是，蜜蜂们完全采取同样的态度。像这样对他者的死亡完全缺乏兴趣的动物实不多见。假如……压扁了几只蜜蜂，其他蜜蜂会将它们拖出去……不过……它们总会首先取下花粉。

养蜂人看到了不同蜜蜂社群的特征，懒惰和勤劳的，攻击性和温和的，反复无常的，波希米亚式的，等等。而单独的一只蜜蜂如发条上的螺母或螺丝，毫无个性。

瑞典"民众之家"或许是有着蜜蜂社群的一只蜂箱。古斯塔夫松和养蜂人一样，和地区医院做 X 光透视的病人们共有一份自觉或不自觉的担忧、恐惧和屈辱。那里有奇异的气味、满满的病人。所有的人手里都捏着排号票。护士一次叫进一或两个，每一次出现，所有的人便抬起头。"就像一台机械钟琴，人形一小时动一次；一扇门开了，有人走出，有些走入。"房间里的六七十人，从姿势就能看出他们的疼痛。然而，几乎没人谈论疼痛。他们并不完全讨厌那地方，疾病给了他们，特别是老年人，一个身份，激发出健康时没人曾奉献给他们的一份兴趣。他们耐心里的某种东西让"我"恼怒,恼怒于这些人甘愿忍受工业化的对待。

自然描写的传统

对自然的细致描写和观察是瑞典文学的一个传统。对中国抱着天然好感的古斯塔夫松在 1977 年秋率瑞典文化代表团访华时,在北京做过一场关于瑞典文豪斯特林堡的讲座。和许多瑞典当代作家一样,古斯塔夫松很难甩开斯特林堡的影响。斯特林堡就擅长自然描写,他对自然的观察和描摹和瑞典的自然环境,和文学的自然主义思潮密切相关。斯特林堡的《海姆素岛居民》等小说都是细致入微的自然主义杰作。

也不限于书写瑞典的自然,因为血液里流淌着对自然接近和交流的欲望。在这种描写里,受考验的其实是"我"从自然里吸取精神养分的需求和能力。古斯塔夫松显然既有高度需求,也有强大的能力。自然的讯息随时反证着"我"内心的振动频率,如此,对自然的描写才不可或缺。

《养蜂人之死》的"序曲",写一个早晨,叙述者于奇索斯山和读者说再见。从嗓音清澈的鸫鹩、锥子般锋利的阳光、孤立而垂直的悬崖到微风中静止的红头美洲鹫,是远在瑞典万里之外的美国得克萨斯州和墨西哥边境的自然。这一场景的展开，除了和现实中作家的得克萨斯大学奥斯汀分校教授身份吻合外，更有瞬间世界时空的连接感，跳出瑞典遥想故国、天涯共此清风与骄阳的人类一体感，无论是作家还是叙述人的所有凝视和反思远未局限于瑞典，而将是人类的共同经验。

第一章先出场的还是自然。暖风，看不见树冠，听得见风在树冠那儿进出。黑暗里，出门寻找小狗的"我"感觉到一只小青蛙跳过自己的一只鞋。"我"快速弯腰，双手拢成杯形，摆在潮湿的草上。青蛙直接跳了进来。一只青蛙锁在"我"手里，仿佛锁在笼中；同样的温暖而固执的风依然一刻不停地穿过树木；还有来自湖岸森林里所有沼泽的酸味。青蛙颤动，它突然撒了尿，直接撒在"我"手上。青蛙尿十分冰凉。不是很多人会体验青蛙在手掌里撒尿，然而，对于森林生活熟悉的人不难感觉场景的真实性——它合乎情理。只不过古斯塔夫松在截取这个画面时未必没有植入象征意味：一只无辜、弱小、颤抖，只能撒出一泡冰凉的青蛙尿的小家伙。

养蜂人丢开医院通知书出门散步时，他"非常仔细地察看了路边所有的光秃秃的阔叶树"，他"非常喜爱这些对着铅色天空裸露的枝干。它们像一种陌生语言的字母，试图诉说着什么"。自然景观的描写带着需要解读的密码，密码不能说破,作家也只可点到为止,当好自然和读者间的摆渡人,其余的就看读者的感悟力了。

告别交响曲

古斯塔夫松曾将《养蜂人之死》比作海顿的《告别交响曲》。的确,小说直接采用序曲、间奏曲等字眼作为一些章节的标题。第一乐章以一封不敢拆开的信表达出急迫,其后对青春和婚姻的起伏回忆如长短调的交替,继而又转入严肃的冥想。爱情、社会、西曼兰的风景逐一展开,最后只剩下疼痛。

对于这本书的写作过程,作家的记忆竟是空的,除了记得是在故乡,空无一人,有轻轻飘落的雪、时间。这也许是真的,可还是让我有一丝怀疑,小说家古斯塔夫松完全有可能在他发达的潜意识里杜撰出这一段让自己也信服了的记忆,因为这个记忆完全符合白茫茫干净的大地,符合天堂和永恒。

古斯塔夫松曾在一封长信里和友人谈论自己的小说观,认为:小说像其他艺术品一样,包含着或反映着精神流动的过程;小说家的专长是描写灵魂。故事是精神流动的体现,被描绘的人的精神流动过程成为陈述的一部分。小说以其可能的看待世界的方式提供对内在事物和内在景观的洞察力。小说必须是一种可见的内在风景。

"有可能的生活吗，值得过的?"古斯塔夫松认为,环顾四周,很容易发现许多的不值得:公共领域的种族迫害、放射性辐射、集中营、大瘟疫、毁灭性疾病等未被消除或治愈;私人领域的神经病症、家庭困境、工作逆境、琐碎争吵,缓慢而艰难的衰老及理性的削弱——这一切都让人沮丧。不过,古斯塔夫松毕竟是有信仰的,他毕竟是信仰"绝不放弃"的:"很显然,只有我们相信存在一些使世界变得更美好的可能性,才能肯定地回答生活是否可能的问题,同时,必须有机会让别人的生活比自己的更好,这个可能的生活必须有一定的尊严,自私的享乐主义只能是不尊贵的生活。"

那么,过去百年里,世界的问题究竟业已恶化还是业已改善呢? 他认为,社会状况有所改善,人道主义思想有所发展;与此同时,他猜测多数人倾向于觉得世界在恶化:"从某种意义上说,我们所有的人都必须是悲观主义者,因为人类的生活条件严酷,在大多数地方,他们的生活极为恶劣。一种可能的生活或以一种不合逻辑的说法表达,一个有意义的生活仅在世界允许其自身改善的范围内存在。"

是否存在可能的生活呢? 古斯塔夫松认为答案无非为是和否。前者断言生活无意义;后者认为,有机会以较小的规模和方式改善和干预：驱赶某个疾病，在某个早上醒来，感到寂寞消失，或某人开始爱着某个人。

改善整个世界，消除其中的全部邪恶是不可能的，聚集了的恶那么多、那么大，在世界的苦难发生前，光亮如此之小——这种观点在瑞典二十世纪四十年代的文学作品中占主导地位。古斯塔夫松对此观点表示尊重，但也特别指出这一观点的自然或逻辑后果是整个人类的自杀。相信小小改善对重大的、蔓延开来影响整个人类生命的瘟疫来说一点没用的人，会消灭整个人类。

古斯塔夫松说，不管我们是否喜欢，都不可能否认自己的邪恶。悲观主义者无法认为存在一种可能的生活，同时也想活着，和其他人一样；尽管坚信没有可能也还是四处寻找。那么，古斯塔夫松认为有两种紧急解决方案似可将尊严与可能的生活相结合，它们正是文学的主要来源。一是宗教解决方案，如诺贝尔文学奖得主、瑞典作家帕尔·拉格克维斯特的作品。这类作品宣扬世上没有善，所有的进步和善行对于恶来说都不算什么，世界上没有什么是能使生活有意义、有正当性或有价值的；但世界之外有上帝和恩典，以此解决世俗行为的无能。这种"原罪"和"救赎"的模式可让人在实践中服从于苦难。第二种方案，古斯塔夫松称之为准美学或象征性方案。

行为的唯一的价值是象征性价值,重视的不再是实际改进,而是"审美"。一项规定工作中所采取的行动和思想虽然无助,作为体现和象征符号却有巨大价值。故事也是象征符号。小说若体现我们的焦虑和无能则是正确的,小说是有关无能为力、信任、存在和抗拒的体现。古斯塔夫松坚信,一部正确的小说是与精神死亡做斗争的,它尝试与我们富有成果的梦想建立联系,并为世界提供新的光亮。没有人性,人类将根本不会尝试任何实际的改善,无论是对他人还是对其本人。因此,写出正确的小说有助于实现生活的可能性,而不只是具有创作乐趣。

不难看出,《养蜂人之死》也实践了古斯塔夫松的小说观。古斯塔夫松的文字带领读者从一个谜团走入另一个,是几乎丢失了的歌,是从车窗瞥见的倒退着的脸庞;笛卡尔和尼采的哲学、经典神话和现代资讯,知识与风景和想象在他笔下自由切换,哲学的理性和诗意的激情相互作用。仿佛树叶下未知的路径,在故乡西曼兰的森林里堆积多年的落叶下,他踩着不曾有人发现的固执的小路:"路径比我们更明智,/并且知道我们想知道的一切。"古斯塔夫松探索近距离的真实生活,被看作一位启蒙者、符号解释者、百科全书家以及有远见的人,他的智慧如同薄雾在书页的湖上升腾,他写下了时代的思想。而《养蜂人之死》

朝着"墙上的裂缝"系列小说的终点在自己的道路上解决着自己的确信问题,确信的是那不堪忍受的,就像沉默、疼痛和死亡,但终究确信的是:我们重新开始,我们绝不放弃。

补 白

2020年的圣诞,瑞典南部隆德大学的校园里,我在拉斯·古斯塔夫松生前密友玛格瑞塔家和玛格瑞塔共进晚餐。她珍藏着古斯塔夫松送给她的肖像画,而在赠送前,作家早已将这幅画用作"墙上的裂缝"系列小说第二本《羊毛》的封面。画像上的女人并不能一眼看出就是玛格瑞塔,现实中年轻时的她比画像里的秀美太多,但我也不得不承认,画中人的坐姿和表情传达出太多神似。有那么一秒我疑惑古斯塔夫松为何非要把一个他喜欢的妙龄女子画成那样;后来我想,这恐怕就是古斯塔夫松所描写的,那个易被"剩下"又"实实在在"的人吧。玛格瑞塔还请我留意作家赠送的另一幅风景画:"你看,那么晦暗、压抑的森林风景,但是,天上有光亮!"

王 晔

2020年2月定稿于马尔默

译后记

2018年深秋，因为翻译家张晓强先生牵线，我收到翻译家和出版家曹元勇先生希望我翻译《养蜂人之死》一书的联系。我几乎不假思索地同意了。首先是出于对两位先生的信任。同时，我身边有一本多年前购得的《海浪》中译本。《海浪》未必是别人眼中曹先生译作的第一代表作，我对它却爱不释手。此外，我和古斯塔夫松——当代瑞典最出色的作家中的一位——曾有一定联系，以为来日方长，还能慢慢请教，可惜他于2016年驾鹤而去。尽管如此，他给我留下了平等、开阔、睿智、独特而充满精神活力的印象。能为他翻译一本代表作，也算有缘弥补一点内心的遗憾。

近年来，有越来越多的瑞典当代作品被介绍到中国，特别是侦探、惊悚和其他流行元素浓厚的小说。古斯塔夫松的作品数十年来在瑞典、欧洲和美国都很受欢迎，显示出的是清晰的经典创作传承,且已然成为当代经典。采用小语种瑞典语创作的他的作品,直至今日才进入中国,但他本人其实和中国颇有渊源。他不是一个社会主义者,然而他对于社会主义中国充满强烈的好奇和天然的亲近感。1977 年,他访问了中国,其后,出版了旅行记《中国之秋》。

在这本书里,他对中国的山河、人民做了满含温情的观察和记录。而在书的扉页,他引用了这么一句:"天下有至乐无有哉?"当然,原文不是这样的汉语,而是《庄子》理雅各(James Legge,1815—1897)英译本的瑞文转译。我认为,熟悉西方的古斯塔夫松有机会到东方的中国探看,对瑞典和西方不乏批评的他,想看看那里在多大程度上有找到"至乐"的可能性。全球化和互联网时代尚未到来的当时,东方的中国对于他依然有一丝乌托邦的诱惑和平行世界的幻觉。中国旅行之前,他尽己所能地找到一些书籍给肚子里垫了点底,如庄子、鲁迅、毛泽东、高本汉、林语堂,乃至瑞典左派人士扬·米尔达的著作。古斯塔夫松是作为瑞中友协组织的瑞典文化代表团团长访问中国的。他在《中国之秋》里写道:"这也许是第一个瑞典文化代表团。"那时,他加入瑞中友协已一年。加入的原因是,他"相信人与人之间的友谊,相信这样的友谊对和平、对人类、对文明都一定有意义"。他在 1977 年 10 月 27 日离开瑞典,在中国做了为期约一个月的访问。古斯塔夫松旅行过程中进行了关于乌托邦,关于人类,关于和平与文明的思考,这是他一生的关注点,也是养蜂人在生命最后历程中的关注点。

停留北京期间,古斯塔夫松临时起意做一场关于瑞典现代文学史上最了不起的大文豪斯特林堡的讲座。这个建议让一位不懂瑞典语的中方接待人员急得满头大汗:"谁是斯特林堡,瑞方提供的名单上怎么找不到这个名字啊?!"短短几十年后的今日,不但斯特林堡的名字为中国读者耳熟能详,古斯塔夫松自己的名字也终将不再让中国读者感觉陌生了。因此,我感佩浙江文艺出版社旗下KEY-可以文化对于瑞典文学的支持。我曾不止一次地表达,瑞典文学的确是小语种文学,但瑞典文学依然是大文学。换言之,文学就是文学,不宜以语种的大小区别对待;正如作家就是作家,不宜以性别区别对待。

最后,特别将一份感谢送给责任编辑王丽荣、文字编辑易肖奇等,以及所有编务人员的细致工作。这本书经历了2020疫情的考验,终于即将新鲜出炉,来之不易,让我珍惜。

2020年7月23日写于马尔默

本书中文简体字版版权,浙江文艺出版社独家所有。
版权合同登记号：图字：11－2018－265 号

图书在版编目(CIP)数据

养蜂人之死/(瑞典) 拉斯·古斯塔夫松著;王晔
译.—杭州：浙江文艺出版社,2021.1
ISBN 978－7－5339－5959－3

Ⅰ.①养… Ⅱ.①拉… ②王… Ⅲ.①长篇小说—瑞
典—现代 Ⅳ.①I532.45

中国版本图书馆 CIP 数据核字(2019)第 291249 号

策划统筹	曹元勇
责任编辑	王丽荣
文字编辑	易肖奇
责任印制	吴春娟
装帧设计	COMPUS·道辙

养蜂人之死

[瑞典] 拉斯·古斯塔夫松　著

王晔　译

出版发行	浙江文藝出版社
地　　址	杭州市体育场路 347 号
邮　　编	310006
电　　话	0571－85176953(总编办)
	0571－85152727(市场部)
印　　刷	上海中华商务联合印刷有限公司
开　　本	850 毫米×1168 毫米　1/32
字　　数	115 千字
印　　张	6.75
插　　页	4
版　　次	2021 年 1 月第 1 版
印　　次	2021 年 1 月第 1 次印刷
书　　号	ISBN 978－7－5339－5959－3
定　　价	49.80 元(精装)